パーフェクトマッチ

ヨアヒム・レーヴ　勝利の哲学

Joachim Löw　Ästhet, Stratege, Weltmeister

クリストフ・バウゼンヴァイン

木崎伸也／ユリア・マユンケ〔訳〕

二見書房

パーフェクトマッチ

目次

第4章 未知なる世界への旅 72

HALF TIME 2

第5章 W杯勝利のための戦略 102

第6章 新しいドイツサッカーの誕生 132

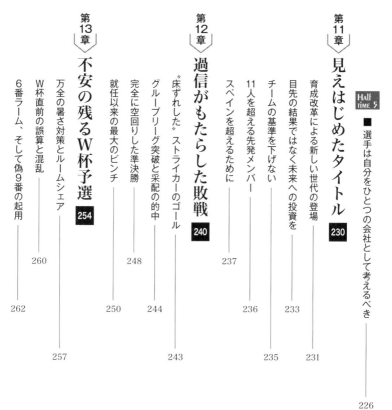

パーフェクトマッチ

ヨアヒム・レーヴ　勝利の哲学

Joachim Löw　Ästhet, Stratege, Weltmeister

序章

ブラジルW杯の決勝前日――。

ドイツ代表のヨアヒム・レーヴ監督は記者会見場に現われると、リラックスした表情で口を開いた。

「私たちは王者にふさわしい自信を持っている。もちろん相手へのリスペクトは忘れていないよ。だが、恐れはない。自分たちの力を出すことができたら、大会を制するのは私たちだ」

ユーモアを見せる余裕もあった。

決勝に向けてPK戦の準備をしているかと訊かれると、レーヴはニヤッと笑って手元の紙を頭上に掲げた。

「PK戦の準備は万端。誰が、どこに蹴るのか、すべてこの紙に書かれている」

監督の余裕は、選手にも伝わる。隣に座っていた副キャプテンのバスティアン・シュバインシュタイガーは堂々と優勝を宣言した。

「とても心地良い気分だよ。明日ピッチの上で持ちうる力を出せれば、アルゼンチンのような強いチームにも勝てる。僕は優勝を確信している」

ブラジルW杯の決勝、ドイツ対アルゼンチンは歴史に残る熱戦になった。ドイツがゲームを支配するものの、アルゼンチンはメッシを中心に鋭いカウンターを仕掛ける。ぎりぎりの攻防が続いた。

だが、紙一重の勝負を分けたのは監督の采配だった。

レーヴはゲッツェを投入するとき、「メッシよりも優れていることを世界に見せつけてやれ」と指示。この天才MFは見事に期待に応えて延長戦でゴールを決め、ドイツが1対0で勝利した。ドイツにとって、4度目の世界王者のタイトルだった。

試合終了のホイッスルの直後、レーヴはまだ冷静さを保っていた。マラカナンのピッチに下りて来た選手の家族たちと抱擁を交わし、笑顔で感謝の気持ちを伝えた。

だが、手にしたものの大きさが、感情を決壊させた。

シュバインシュタイガーが近づいてきて抱き合うと、この副キャプテンは声をあげて号泣しはじめた。互いの顔を寄せ合い、もはやレーヴも涙を我慢することができなかった。

アシスタントコーチから出発して代表監督を引き継いで10年――。初めてレーヴが公の場で見せた涙だった。

シュバインシュタイガーは、記者たちにこう振り返った。

「監督とって、本当にハードな道のりだったから。ついに努力が報われたんだ」

これでレーヴは、54年W杯優勝のゼップ・ヘルベルガー、１９７４年W杯優勝のヘルムート・シェーン、１９９０年W杯優勝のフランツ・ベッケンバウアーに続いて、ドイツ代表史上４人目のW杯優勝監督になった。

２００４年にユルゲン・クリンスマンからドイツ代表のアシスタントコーチに指名されてから10年──。本当に長い、長い道のりだった。


クリンスマンとレーヴ。２人の運命の出会いは、２０００年、ケルン近郊のヘネフという小さな村で起こった。

ヘネフは片田舎ながら、最先端のスポーツシューレがある。その施設を利用して、ドイツ代表で功績をあげた元選手たちのために、監督ライセンスを取得するための特別授業が行なわれることになった。

この監督ライセンス講習が始まったのは、２０００年1月3日。ドイツサッカー協会（ＤＦＢ）は長らく、元代表選手のために特別コースを用意する構想を温めており、ついにそれが実現したのである。

発案者は１９９６年にドイツをユーロ優勝に導いたベルティ・フォクツ。

通常、監督ライセンスの取得には５６０時間の講習を受けなければならないところを、実績のあ

2014年W杯ブラジル大会で悲願の優勝をはたし、歓喜するレーヴ監督と代表選手たち。アシスタントコーチ時代から10年――本当に長い道のりだった。

る元代表選手に限って240時間に短縮するという特別待遇だ。

一般の受講生から猛反対を受けたが、DFBの育成責任者、ジェロ・ビザンツは「授業内容は同じ」と弁明して、すべての反論を却下。特別コース創設を押し切った。

このアイディアに魅了されたのが、アメリカに移住していたクリンスマンだった。DFBにとっても、広告塔として絶好の人物である。クリンスマンはかつて代表でともにプレーした仲間たちに連絡を取って、人集めに一役買った。

もちろん誰でも参加できるわけではない。代表キャップが40以上で、W杯かユーロのどちらかに出場した経験がある者のみが対象だ。いわばドイツ代表のエリートたち。その結果、1990年W杯優勝メンバーと1996年ユーロの優勝メンバーが集結した。


メンバーは次のとおりだ。

ユルゲン・コラー、マティアス・ザマー、アンドレアス・ケプケ、ディーター・アイルツ、ギド・ブッフバルト、ピエール・リトバルスキ、ステファン・ロイター。元女子代表選手からは、ドリス・フィッチェン、ベッティーナ・ヴィーグマンが参加した。

さらに特別枠もあった。

たとえば元ブルガリア代表のクラシミール・バラコフのような、他国の元名選手たち。DFBがブルガリアサッカー協会と提携していたことの恩恵だ。

そして、その特別枠のリストの中に、レーヴの名もあったのである。

レーヴはすでに、監督としてある程度の実績を残していた。シュツットガルトを率いてドイツ杯を制し、トルコのフェネルバフチェを経て、ちょうどドイツ2部のカールスルーエを率いているときだった。

監督ライセンスをスイスで取得していたものの、DFB発行のライセンスは持っていなかった。それを得るために、元代表選手たちのコースに加わることが認められたのだった。

結局、計19名が特別コースに参加した。


多忙な日々が始まった。

戦術論、指導法、心理学、弁論術、そしてスポーツ医学。様々な講座があり、グループディスカッションが夜遅くまで続くこともあった。

育成責任者のビザンツはこう振り返る。

「講習はとても凝縮されたものだった。みんなが真剣に取り組む空気ができあがっていた」

団結力も、このグループの特徴だった。ともにプレーしていた顔見知りが多く、女子の元選手も含めて、すぐに特別な仲間意識が生まれた。

その中心に収まったのがクリンスマンである。さすが元代表のキャプテン、仲間を引っ張るオーラがあり、グループのリーダーになった。

この元ストライカーは第二の故郷のカリフォルニアでサッカー関連の仕事を始めようと考えていたが、まだ何を目指すかは決めていなかった。監督ライセンス講座を受講しに来たのも、あくまで「将来のオプションを増やすため」である。

ところがいざ講習に臨むと、クリンスマンは監督の仕事を気に入りはじめていた。ビザンツによれば、講習の中ですでに監督としての才能を示していたという。たとえば練習中に問題を見つけて解決に導いた。

ただし、クリンスマンよりもさらに優秀な受講生がいた。

その人物こそレーヴである。レーヴはクリンスマンから質問されると、4バックの長所を2分間で説明した。クリンスマンは、すぐ横にいたブッフバルトに驚きとともにこうもらした。

「俺は18歳でプロになったが、こんなことを教えてくれた監督はひとりもいなかった」

今振り返れば、まさにこれはリッターシュラーグ（刀で肩を叩いて騎士の位を授ける）の儀式だった。この歴史的シーンから4年後、クリンスマンはレーヴをドイツ代表のアシスタントコーチに任命する。

2人の再会のきっかけを与えたのは、ドイツ代表の混乱だった。

ルディ・フェラー率いるドイツは２００２年W杯で準優勝したものの、ユーロ２００４ではグル

クリンスマンとの出会いがレーヴの運命を大きく変えた。レーヴをアシスタントコーチとして迎え入れたクリンスマンは、さまざまな改革を行ない、ドイツサッカー界に新風を吹き込んだ。

ープリーグで1勝もできずに失態をさらしてしまった。敗退翌日、フェラーは辞任。DFBは後任を探さなければならなくなった。

だが、誰の目から見てもドイツ代表のサッカーは時代遅れになっており、火中の栗を拾おうとする人物は少ない。DFBのゲルハルト・マイヤー・フォーフェルダー会長は、バイエルン・ミュンヘンを率いていたオットマール・ヒッツフェルトに打診するも、すぐに断られてしまった。

急遽、ベッケンバウアー、ヴェルナー・ハックマン、ホルスト・シュミット、マイヤー・フォーフェルダーで構成された〝監督選考委員会〟が結成された。残念ながら、寄せ集めの古くさいメンバーだ。交渉先にはギリシャ代表を超守備的戦術でユーロ優勝に導いたオットー・レーハーゲルの名があった。

4週間が経っても、候補が見つからない。そんな中、突如浮上した新たな名前が、ユルゲン・クリンスマンだった。

あまりに意外な人選に、ドイツサッカー界に衝撃が走った。

クリンスマンはシュツットガルト、ASモナコ、インテル、トットナムでプレーし、W杯とユーロ両方で優勝している。選手時代の実績は、ドイツ代表を率いるのに申し分ない。だが、監督経験は一切ないのだ。監督としては未知数の人材だ。

さらにアシスタントコーチに無名のレーヴが選ばれたことが、衝撃を大きくした。

レーヴは選手として輝かしいキャリアがなく、シュツットガルトの監督を務めたとはいえ短期間の成功にすぎず、その後はトルコとオーストリアを放浪していた。今にも忘れられそうな男を呼んでどうするのか？　多くの専門家から疑問の声があがった。

だが、批判をくつがえし、２００４年に始まったクリンスマン＆レーヴ体制が、ドイツサッカーに大改革をもたらす。２００６年にレーヴが監督に昇格すると、さらに戦術がモダン化され、２０１４年、ドイツは念願のW杯優勝を成しとげた。

優勝翌日、レーヴがイパネマの浜辺で上機嫌に説明したように、「10年間の取り組みが実を結んだ」瞬間だった。

これまでレーヴは「美しいサッカーではタイトルはとれない」と批判にさらされてきた。だが、それでもレーヴはブレなかった。自分のプロジェクトを信じて前に進みつづけ、理想を追うだけでなく、ときにはコンセプトから距離を置くべきだと気がつき、ついにタイトルがもたらされた。

レーヴは世間から評価されていなかった頃から、すでに「パーフェクトマッチ」の夢を抱いていた。本書では、レーヴが監督として階段を登って行く姿を丁寧に追っていく。

W杯王者になるために、夢を冷静に見つめ、計画の中でどうやって修正していったのか、そのすべてを明らかにしたい。

第1章

栄光なき選手時代

ヨアヒム・レーヴはスイス国境が近いシェーナウという村で生まれ育った。人口は3000人弱。牧草地や山、そして〝黒い森〟に囲まれた、典型的な田舎である。1960年2月3日、レーヴは4人兄弟の長男として生まれた。父は暖炉を作る会社を営んでおり、従業員は20人ほど。地元では恵まれた家庭のひとつだった。

レーヴはこう振り返る。

「シェーナウの村では、もめごとのない温かい家庭で育ててもらった。そういう環境で成長できたことを誇りに思っている」

学校では大人しく目立たなかったが、すぐにサッカーの虜《とりこ》になった。兄弟とともに、毎日のようにボールを蹴った。

実は兄弟の中でプロになれたのは、長男のヨアヒムだけではない。次男のマルクスは兄と同じSCフライブルクでプロになった。末っ子のペーターはアマチュアながら地元のFCシェーナウで選手に。三男のクリストフだけが勉強の道を選んだ。そういう兄弟の体験から、レーヴは「サッカー選手になるには、才能や野心だけでなく、運も左右する」と感じている。

シェーナウ村からフライブルクへ

レーヴは16歳になると、ＴｕＳシェーナウに加入した。そして翌年、Ｄユース年代で地域優勝を達成。力を認められて、ライバルのＦＣシェーナウに移籍した。サッカー中心の生活で、練習の行き帰りですらボールを蹴っていた。

「学校から帰ったらすぐに友達と集まって、路上でサッカーをしていた。それが日常だった」とレーヴは当時を振り返る。

レーヴは得点能力に優れたストライカーで、当時の監督は「1試合で18ゴールを決めたこともある。決定力がすごかった」と褒める。ギムナジウム（大学入学を目指している者が進む9年生の中高等学校）に通いながら、地元クラブでのプレーを続けていた。

転機は17歳のときに訪れる。

近郊のスポーツシューレで知り合った同年代の生徒、ヘンリー・シューラーの父親ゲルハルトが、アイントラハト・フライブルクで育成を担当していた。当時、ユース部門の成功が評判になっていたチームである。

それまでにもゲルハルトは、ＦＣバーゼルやフライブルガーＦＣから誘われたシェーナウの優秀な子供を他チームに先駆けて引き抜いた実績があった。レーヴもそのひとりになった。

レーヴはギムナジウムに退学届を出して、ついにシェーナウ村から外の世界へ飛び出した。フライブルクではシューラー家に下宿し、職業学校（資格を取るための学校）へ転入。いろいろなコースの中から、「大規模取引および貿易」の専門課程を選択した。

ドイツでは、選手によっては下部組織でも報酬がもらえる。アイントラハトのAユース年代で月500マルクの給料をもらえるようになると、レーヴは小さな部屋を借りた。

その頃、プライベートでも幸せが訪れた。チームの役員のハンス・シュミットの娘ダニエラと恋に落ちたのだ。のちに妻となる女性である。

フライブルクから名門シュツットガルトへ

次の転機は、〝兄〟の活躍によって訪れる。

1978年、SCフライブルクはヴォルフガング・シューラーのゴールも後押しになって、2部リーグ・南部（当時の2部リーグは複数のブロックに分かれていた）への昇格を果たした。ヴォルフガングは、レーヴが下宿していたシューラー家の〝兄〟であり、アイントラハト・フライブルク出身の先輩である。

フライブルクはシューラーの活躍をきっかけに、アイントラハトに次なるタレントがいないか探しはじめた。その結果、18歳のレーヴが目に留まり、引き抜かれることになった。1978年夏のことだ。

レーヴはすでにドイツU−18代表にも選ばれており、南バーデン地方のタレントのひとりとして知られるようになっていた。早くも第2節に、身長179センチメートルの細身のマッシュルームヘアの若者に出番がまわってきた。

だが、いきなり直面したのは、2部の厳しい現実だった。オッフェンバッハに0対5、ホンブルクに0対5、フュルトに0対2。やっと勝利できたのは、続くアウェイのザールブリュッケン戦（4対3）だった。

レーヴ自身の初ゴールが生まれたのは、第9節のバウナタール戦だ。2ゴールを決めてストライカーの能力を見せ、3対1の勝利に貢献した。

1年目こそ2部の壁に苦しんだが、レーヴは2年目に成長した姿を見せる。シュツットガルトで育成コーチを務めた経験があり、攻撃サッカーの信奉者であるユップ・ベッカーが監督に就任すると、レーヴはレギュラーに抜擢された。全38試合で14ゴール。大きな飛躍だ。同時に国際経験も積んでいく。1979年10月、ベルティ・フォクツが率いるドイツU−21代表に初招集。トルンで行なわれたポーランド戦で、ドイツが先制点を決められると、レーヴはクラウス・アロフスに代わって投入された。

1980年春までに、レーヴはさらに3試合、ドイツU−21代表としてプレーした。チームメイトには、のちに偉大な選手となるローター・マテウス、ルディ・フェラー、ピエル・リトバルスキ、ベルント・シュスターがいた。

「あのときのチームはかなりのレベルだった。私も大物だったのだよ」

のちにレーヴは自慢げに語ることになる。

レーヴは他の若者と同じように、流行のファッションを身にまとった。ベルボトムのズボンを愛し、尖った襟のシャツを着て、ヒゲを生やして左耳にはイアリングを光らせた。ストライカーとしての才能も認められ、バイエルン、シャルケ、フランクフルト、シュツットガルトからオファーが届いた。最終的に50万マルクという高額の移籍金を提示した名門シュツットガルトを選んだ。輝かしい未来が待っているはずだった。

だが、レーヴは新天地でキャリア史上最大の試練を味わう。80−81シーズンに向けた開幕前の親善試合で大けがを負ってしまったのだ。

もともとレーヴはすね当てをつけない主義で、ドイツ代表の英雄パウル・ブライトナーのように靴下をおろしてプレーしていた。だが、シュツットガルトのユルゲン・ズンダーマン監督は、選手に必ずすね当てをつけるように指示していた。その命令に従い、レーヴも嫌々すね当てをつけてプレーするようになった。

にもかかわらず、レーヴはその「すね」を大けがしてしまう。シーズン開幕4日前、シュツットガルトはイングランドのリバプールと親善試合を行ない、そのとき事故は起こった。

レーヴはこう回想する。

「あれは私が初めてすね当てをつけて臨んだ試合だった。自分はゴールに向かって走り込んだが、わずかにパスが長かった。次の瞬間、イングランド代表ＧＫのレイ・クレメンスが私の軸足にぶつかってきたんだ」

脛骨（すねの骨）の複雑骨折だった。

レーヴはいまだにあのケガを悔やんでいる。

「脛骨骨折の前まで私はチーム内で抜きん出ていたし、本当にいい状態だったから」

４週間入院し、ギブスが取れるまで８週間かかった。

「その結果、私の太ももは、腕くらいにやせ細ってしまったんだ」

再び負荷に耐えられるようになるまで数カ月を要し、そのシーズンは終盤に４試合途中出場したのみだった。

もはやケガをする前と同じ体ではなかった。

「以前のように速く走れなくて、プレーするうえですごく問題だった。私は不安になった」

フランクフルト経由でフライブルクへ

シュツットガルトの1年目をケガで棒に振ったものの、レーヴの才能を高く評価している監督が他チームにいた。ドイツ1部・フランクフルトのローター・ブッフマン監督だ。

ブッフマンはレーヴが加入する直前までシュツットガルトを率いており、この若手ストライカーに目をつけていた。当時、フランクフルトは1974年優勝メンバーのベルント・ヘルツェンバイン（当時35歳）を手放したところだった。ブッフマンはその後釜にレーヴがふさわしいと考えた。フランクフルトはレーヴをレンタルで獲得した。

大きな期待と同時にプレッシャーがレーヴにのしかかった。ブッフマン監督が「レーヴは素早く、トリックに優れ、ゴールを量産できるストライカーだ」と主張しても、フランクフルトの多くの人たちが懐疑的な視線を投げかけた。

開幕前のレーヴは、その重圧に負けていないように見えた。

アマチュアの地域選抜との試合では4得点を決め、フランスのサンテティエンヌとの試合でもまずまずのプレーをした。

『アーベントポスト』紙はこう評価した。

「ヨアヒム・レーヴはセカンドストライカーとして、ヘルツェンバインの背番号7を受け継いだ。熱心で勤勉。いつでも出場の準備が整っている。そして一人よがりなプレーをせず、まわりにボールを渡すこともできる。さらに新たな環境に慣れるための努力が見られる」

　レーヴ自身も活躍を確信していた。

「フランクフルトの細かいパスサッカーが私に合っている。私は運動量の多い選手ではない。ボールを浮かさずにグランダーでパスをつなぐのが好きだし、近くの仲間とパス交換をするのも好きだ。まわりの理解を得られると、アイディアを生かすことができる」

　ただし、レーヴはまだ1部での実績がないのだ。ハードなシーズンを戦い抜くことができるのだろうか？　開幕戦のカイザースラウテルン戦に向けた『ビルト』紙のインタビューで、新人ＦＷはこう答えた。

「とても集中していて、初戦でのゴールをイメージできている。ヘルツェンバインの存在はトラウマになっていない。私は他の誰でもなくレーヴなんだ」

　この言葉どおり、レーヴは開幕戦でゴールを決めた（試合は2対2）。

「ゴールの瞬間は何も考えていなかった。ただ狙いを定めてシュートを放っただけ」

　実力を信じていたブッフマン監督ですらも、

1981年、フランクフルト在籍中のレーヴ。

驚くほどの活躍だった。

しかし、ここからレーヴは1部の壁にぶつかってしまう。先発させてもらいながら、目立ったプレーがなく途中交代の連続。やっと第10節のビーレフェルト戦で1ゴールを決めたが、1対1に弱いという評価は簡単にはくつがえらなかった。

そのシーズンは24試合の出場に留まり、計5得点。

レーヴの能力では、1部でやっていけないことは明らかだった。足が遅く、突破する力に欠けていたからだ。つまり、ゴール前で危険な存在になれない。わずか1年でフランクフルトを去ることになった。


1982年6月、レーヴはカテゴリーを落として、2部のSCフライブルクに戻ることになった。1部で失格の烙印《らくいん》を押されたものの、35万マルクの移籍金が生じた。

フライブルクにとって、その投資は間違っていなかった。

ヴェルナー・オルク監督の下、十分な出場機会が与えられ、決定力を示すだけでなく、ゲームメイカーとしても活躍。34試合で8得点の好成績を残した。

翌シーズンは、フリッツ・フクス監督体制の下、さらにコンディションを上げて31試合で17ゴール。リーグの得点ランキングで5位に入った。

レーヴは1部では身体能力の不足が問題になったが、2部では十分に通用する選手だったのである。

カールスルーエ、そして再びフライブルクへ

オルク監督からの評価が高く、レーヴは再び1部リーグでプレーするチャンスを得る。オルクが率いるカールスルーエSCが、84年5月に2部から1部へ昇格を果たした。

そのときのエースが、フライブルクでの下宿時代の〝兄〟、ヴォルフガング・シューラーだった。だが、彼は1部昇格とともにドルトムントへ引き抜かれてしまう。オルク監督はその後釜として、シューラーと同年代のレーヴを抜擢した。

「また1部に戻って来ることができて本当に嬉しい」

2部での成功が自信を与え、24歳のレーヴはやる気に満ちていた。

1984年、カールスルーエ対ブレーメン戦でのレーヴ。24試合に出場するも、わずか2ゴールに終わった。1部リーグの壁は厚かった。

しかし、1部への3度目の挑戦もうまくいかなかった。24試合に出場するも、ほとんどが途中出場。わずか2ゴールで、またしても1部では通用しなかった。そしてカールスルーエSCは1年で降格。レーヴは再びSCフライブルクへ戻った。

3度目の失敗により、能力の限界を自分自身で認めざるをえなかった。

「私は1部リーグで足場を固めたかったが、3度ともそれがかなわなかった。私の能力が十分ではないことに気がつかされた。ボクシングで言えば、もうタオルを投げなければならない状態だよ。テクニックは通用したと思う。でも速さが欠けていた。どん底を味わい、自分自身に失望した」

ところが、1部を諦める一方で、「2部リーグではやっていける」ことを確信していた。

実際、2部は彼の庭だった。

85－86年シーズン、2部のフライブルクは3部降格の危機に陥ったが、その厳しい時期でもレーヴは能力を発揮する。崖っぷちに立たされていた23節、ホンブルク相手にレーヴのゴールで勝利。最終節にはゾーリンゲン相手に2点を叩き込み、2部残留を確実なものにした。

その後、東ドイツからの亡命者であるヨルグ・ベルガーが監督に就任して、フライブルクでの輝かしい日々が始まった。86－87シーズンは8位に。レーヴのキャリアにおける2部最高順位だ。レーヴは17点を決めた。

ところが、年齢的な衰えもあって、87－88シーズンは7ゴールのみ。88－89シーズンはたったの2ゴール。もはやダイナミクスさは失われて、2部リーグでも通用しなくなっていた。

選手としてプレーできる時間は、もう限られている。キャリアの最後にレーヴが選んだのは、隣国スイスのリーグ――。そこで6シーズンプレーして現役生活を終えた（詳しくは2章を参照）。

レーヴの通算成績は、1部では52試合7得点、2部では252試合81得点。今もってなおフライブルクの最多得点者である。

レーヴのサッカー人生は特別に目を引くものでも、特別にひどいわけでもない。ただ、抱いていた夢の大きさに比べて、栄光は少なすぎた。

現役時代の成功についての質問をすると、彼は困って肩をすくめる。

「実際、私には何もなかった。まばゆい光に包まれていたのはU－21代表のときだけだ」

選手としてトップレベルで輝けなかったという事実は、大きな悔しさとして残った。この不満をどこにぶつければいいのか？　新たな挑戦の場を探さなければならないことは、はっきりとわかっていた。

第2章

スイスでの監督修行

スイス・オーストリア共催のユーロ２００８の大会直前——。

レーヴ率いるドイツ代表は、イタリア国境近くの南スイスの街、アスコナのマッジョーレ湖畔に立つジィアルディーノホテルに泊まっていた。

部外者から見たら、計画ミスと感じたかもしれない。抽選の結果、ドイツはグループリーグをオーストリアで戦うことになったからだ。移動を考えると、スイスに泊まるメリットは少ないように思えた（アスコナからウィーンまで約８００キロメートル）。

しかしレーヴはまったく問題視していなかった。試合会場がどこになろうと、静かなティチーノ州を拠点にしたいと考えており、何よりスイスという国に愛着があったからだ。

スイスサッカーとのつながりなくして、レーヴの思考を読み解くことはできない。

たとえば、さらに時計の針を巻き戻して、２００６年W杯前、ジュネーブでの合宿を見ればそれがわかる。まだレーヴがコーチだったときのことだ。

ジュネーブ合宿中、地元のセルベット・ジュネーブの17歳以下のチームと試合をすることになった。ドイツは12対0で完勝した。

しかし、クリンスマン監督は少しも喜べなかった。30分を過ぎたあたりから、ドイツは攻めあぐねたからである。スイスの少年たちはきちんと4バックでDFラインを作り、ボールの動きに応じて押し上げていた。

レーヴは少し誇らしげにこう説明した。

「スイスではすでに17歳で、こういう組織的な動きができるんだよ」

実はレーヴはドイツ代表のコーチに就任して以来、4バックを教えることに苦心してきた。ドイツのDFたちはマンマークに慣れており、4バックの動きを高いレベルで実行できないのだ。

2006年W杯が目前に迫っても、まだレーヴが満足するレベルにはなっていなかった。大会に間に合わせるために、アルネ・フリードリヒ、ペル・メルテザッカー、クリストフ・メッツェルダー、フィリップ・ラームに対して、特訓を行なわなければならなかった。

そういう状況だっただけに、セルベットとの試合は、まさに目で学ぶ授業になった。

練習試合の前日会見で、レーヴはドイツサッカー界全体に対して警告するかのようにこう言った。

そもそもの原因は、ドイツの育成にあると。

「もし算数ができなければ、数学の教授になることなんて不可能だ」

このコメントを聞くと、ジャーナリストたちから笑いが起きた。しかしレーヴは大真面目だった。ドイツ代表の未来のために、みんなに認識させておく必要があった。

レーヴは畳みかけた。

「実際今、私たちは本来はU－16やU－17でやるべき初歩的なトレーニングを、このドイツ代表でやっているんだ」

ドイツが何十年もおざなりにしてきた基礎の遅れを、レーヴは挽回しなければならなかった。どのように4バックが機能するのか、どう相手のボールに反応して押し上げるのか、どのような場面で短い縦パスを入れて打開するのか。ブンデスリーガのスター選手たちに、九九を教えるかのように丁寧に説明した。

間隔を保つこと、押し上げること、正しいコース取りで動くこと。この繰り返しだ。「押し上げろ！」、「正しいコース取り、間隔キープ」。「押し上げろ！」。「正しいコース取り、間隔キープ」、「押し上げろ！」、「正しいコース取り、間隔キープ」……。

そしてある練習の合間に、かつて監督講習でクリンスマンに伝えたように、レーヴは4バックの長所を選手に説明した。

およそ2分間のスピーチは、次のような内容だった。

4バックに入る各DFは、それぞれピッチの横幅のおよそ4分の1をカバーしなければならない。各自にゾーン（空間）が割り当てられ、そこにいる相手を捕まえる。相手が動いたら、うまくマークを受け渡す。つねにボールの動きに対応して立ち位置を修正して、互いの距離をコンパクトに保ちながら1本のラインとして動く。

このやり方の長所は4つある。

1つ目は、各自がどこを守るべきかが明確であること。2つ目はマンマークと違って無駄に動かず、体力を浪費せずにすむこと。相手が良く走ってポジションチェンジしてくると、その差は大きくなる。

3つ目は4人がボールの位置に応じてコレクティブに動くことによって、横方向にも縦方向にも密に守れること。そうすれば相手は簡単にパスを通せない。

そして4つ目は、4バック以外の選手も連動すれば、ボール周辺に数的優位を生み出せることだ。ボールから遠く離れて待つ選手をマークしなければ、味方の誰かが自由になる。そうすればボールを持っている相手に対して、2人、3人で圧力をかけることが可能だ。つまりボール奪取の確率が高くなる。

さらにボールを奪ったあとのメリットも大きい。マンマークだと、自分たちが攻撃に必要な布陣を整えるのに一定の時間がかかるが、ゾーンで守っているとボール奪取時点で組織ができあがっているため、あらかじめ決めた攻撃時の配置に素早く切り替わることができる。

すべてをスイスから学んだ

アシスタントコーチがＤＦをピッチの端に集めてひたすら基礎を練習させたことに、ドイツサッカー関係者たちは眉をひそめた。スイスから学ぶべきという発言は、彼らからすると言語道断な考えだった。

だが、レーヴには彼らを論破できる理論があった。そのすべてはスイスで過ごした6年間に身につけたものだ。

スイスサッカーから大きな影響を受けた、とレーヴは語る。

「私はスイスのサッカー理論に出会ったときから、あこがれはじめていた」

当時のドイツのトレーニングは走ってばかりで、レーヴはあまり好きではなかった。戦術を学ぼうとする姿勢が足りず、偶然に頼る指導だと感じていた。

だがスイスは違った。

「スイスでは、組織、ゾーンディフェンス、ポジショニングの修正、グループによる守備に重きを置いていた。私はそれに魅了されたんだ！」

最初に〝スイス式システム〟に出会ったのは、１９８９年、レーヴが選手としてフライブルクからスイスのＦＣシャッフハウゼンに移籍したときだった。

シャッフハウゼンはドイツ国境から20キロメートルに位置し、レーヴの故郷シェーナウからも80キロメートルとそれほど離れていない。1896年に創設されたこのクラブはスイスで1番古い歴史を持つサッカーチームだが、長らく2部で低迷しており、レーヴが在籍した3年間はまさにその時期だった。

ドイツを飛び出したレーヴを待っていたのは、大きな重圧だった。やはりどこのリーグでも、外国人選手への要求は厳しい。

「外国人として、チームキャプテンとして、人々は私に特別に多くのことを期待していた」

だが反面、重圧がプラスに作用する面もあった。

「それまで私はエゴイストだったが、チームプレーヤーへと成長することができたんだ」

30代になったレーヴは、チームの責任を負うことを学んだ。

当時のチームメイトのヨアヒム・エンゲッサーによれば、レーヴは目標に向かって野心を燃やし、それでいて仲間を思いやるやさしさがあった。

DFのミルコ・パブリセビッチはこう語る。

「当時からレーヴは、選手でありながら監督のように考えていたし、若い選手の面倒をよくみていた」

シャッフハウゼンのロルフ・フリンガー監督も、レーヴの成長を助けた。スイス生まれのオーストリア人で、レーヴより3つ年上。のちに振り返ったとき、レーヴの師匠と言える存在である。

フリンガーは確信して言う。

「レーヴがドイツに取り入れた激しいプレッシングによる4－4－2は、90年代中頃に生まれた戦術だ。当時、ドイツ代表は国際舞台で結果を出していたが、創造性と戦術という点では平凡で、ぱっとしなかった。その状況をレーヴがドイツサッカーのパイオニアとして改革したんだ。明らかにあれは、当時の私たちのスイスでの仕事に由来するものだ」

大卒のフリンガーはスイスにおける新世代の指導者の代表格で、卒論のテーマは「攻撃的なゾーンプレスの可能性」。練習内容もすべて、その新たな戦術から逆算して作られた。

フリンガーはレーヴについてこう回想する。

「勝利への気持ちがすごく強い選手だった。すぐに彼の中にリーダーシップが眠っていることに気づいた。ピッチの中だけでなく、ピッチの外でもね」


時間が経つと、ドイツの2部からやってきたFWに、他の素質があることもわかってきた。レーヴはただのリーダーではなく、組織の緻密さを見分ける目を持ち合わせていた。

レーヴにとって、戦術を学ぶという新たな経験が始まった。

当時ドイツではマンマーク、危険なスライディングタックル、走って闘うという時代遅れの概念がはびこっており、戦術的・戦略的に試合をどう進めればいいかを教えてくれる指導者はほぼ皆無

ロルフ・フリンガー監督は、レーヴにとって師匠ともいえる存在である。フリンガーはスイスにおける新世代の指導者のひとりで、のちにスイス代表監督を務めることになる。

だった。

当時のドイツの典型的な指導法を、レーヴの言葉を借りるとこうなる。

監督は練習において、小石を投げるかのように、選手を叱りつける。これを50回も繰り返す。そして試合前に決まり文句を伝える。

「ヨギ、今日はFWをやってくれ。そしてゴールを決めるんだ」

システムや戦術の説明は一切ない。もしFWがゴールを決められなければ、監督はただこう要求する。さらに闘え、ケツの穴が引き裂けるほどに。

ただし、こう言われても選手は納得できないだろう。レーヴは続ける。

「私は全力を出したつもりだった。ほかに問題があったはずだ」

選手時代、レーヴは有名な監督のもとでプレーした経験がある。

ユルゲン・ズンダーマン、ロータ－・ブッフマン、ヴェルナー・オルク、そしてヨルグ・ベルガーなどだ。

彼はつねにその指示に耳を傾け、納得できないことがあったら繰り返し質問をしてきた。その有名監督の中で本当に説得力があるとレーヴが思ったのはヨルグ・ベルガーだけだった。

それだけに気鋭のフリンガーの指導に魅力を感じた。

「フリンガーは私の問いに答えられる指揮官だった。彼の試合の分析の仕方、選手への伝え方、攻撃重視のシステム、そのすべてから影響を受けた」

師匠であるフリンガーも、レーヴを褒め称える。人間的につねにオープンで、正直で、誠実であり、選手として「理解力がある」と。

レーヴはスイスにおいて、「Ｈａｕｒｕｃｋ」サッカー（テクニックを重視せず、パワーとフィジカル中心のサッカーのこと）だけが戦術ではないことを学んだ。そして、その先にさらに進んだ戦術の世界が広がっていることを知った。

師匠はこう付け加えた。

「ヨギは何度も私に、どうすれば組織が機能するかを質問してきた。彼にとってすべてが新鮮だったのだろう。選手でありながら、すでに監督視点で考えていたんだ」

ドイツサッカーは時代遅れだが、その分、大きな成長の可能性がある――。レーヴはスイスに来たことで、それに気がつくことができた。

監督への道を歩みはじめる

１９９２年、フリンガーが優勝を目指していたFCアーラウに引き抜かれたタイミングで、レーヴもシャッフハウゼンを去った。取得したユース年代の指導ライセンスを手土産に、ＦＣヴィンタートゥールへと移籍した。

ヴィンタートゥールはチューリッヒ州に位置し、「ヴィンティ」と呼ばれている。レーヴにとっては選手として最後のクラブになると思われた。新たな挑戦としてFCヴィンタートゥールのAユース年代の監督に就任した。

ユース年代の経験に手応えを得て、さらに上級の監督ライセンスを取得することを決心した。もしスイスサッカー協会の最上級のライセンスを取れば、ドイツでもトップチームを率いることができる。


当時、FCヴィンタートゥールは、シャッフハウゼンと同じでスイス2部・東地区に属していた。レーヴはAユース年代の監督を務めながら、選手としてはキャプテン、ゲームメイカー、ストライカーとしてピッチを躍動した。

レーヴはすでに明確な考えを持っており、チームを率いるヴォルフガング・フランク監督に対して自分の意見を言うことも躊躇しなかった。ただし、ときにそれが行き過ぎることもあった。ある日、レーヴは控え室で監督に反論したのだ。

だが、レーヴはすぐに過ちに気がついた。当時のチームメイト、FWのジョルジオ・コンティーニは言う。

「翌日、チームの前で彼は謝罪したんだ。これはのちに監督になるうえで、とても重要な経験になったんじゃないかな」

FWのパトリック・ラムザウアーは、レーヴの好奇心に驚かされた。

「彼は『キッカー』誌などのサッカー雑誌を読み込んでいた、すべてを暗記しているかのようだった。サッカーに関するすべてのことを熟知していた」

1994年、ヴィンタートゥールにある小さなクラブ、FCテスがレーヴの獲得に動いた。FCテスの会長はレーヴをランチに招待して、オファーを出した。まずは選手として加入し、のちに監督になるというものだった。

しかし、レーヴは今すぐにでも監督業を始めたかった。食事から2日後、レーヴは正式に断りを入れる。代わりに選択したのは、3部のFCフラウエンフェルトで選手兼監督をするという挑戦だった。

FCフラウエンフェルトでの監督兼選手時代

フラウエンフェルトにとって、レーヴが監督兼選手に就任した94－95シーズンはリベンジの年だった。その前シーズンに3部リーグの3位になって、ぎりぎりで昇格入れ替え戦に進めなかったからである。

レーヴは強化のために、ヴィンタートゥールから2人を引き連れて来た。アシスタントコーチとしてウルス・エグリ、そしてエースとしてコンティーニがフラウエンフェルトに加わった。

当時、20歳のコンティーニは崖っぷちに立たされていた。ヴィンタートゥールで結果を出せず、もう後がなかった。

しかしレーヴの指導により、彼は大きく飛躍する。3部の得点王になって、わずか1年でフラウエンフェルトを卒業。翌々シーズンにスイス1部のザンクトガレンへ移籍して、2000年にリーグ優勝を経験した。その勢いでスイス代表にも選ばれた。

コンティーニはこう感謝する。

「レーヴのおかげで、あそこまで行くことができた」

レーヴは説得力のある言葉によって、選手に自信を植え付ける特別な力がある。とくにコンティーニが驚かされたのは、レーヴのソーシャル・スキルだ。

「レーヴは監督として、どんなにみんなが仕事や家庭の問題を抱えていても、サッカーの喜びを伝えてモチベーションをあげさせた」

フラウエンフェルトでの指揮と平行して、レーヴはスイスサッカー協会の監督講習にも通っていた。講習は順調に進み、もう少しで最上級の監督ライセンスを獲得できるところまで来ていた。

しかし1995年夏、あるオファーによって、レーヴの人生は思わぬ方向に進みはじめる。

シャッフハウゼン時代の恩師フリンガーがシュツットガルトの監督に抜擢され、アシスタントコーチが必要になった。彼が選んだのは指導者として才能を発揮しはじめたレーヴだった。

当時、レーヴは35歳。

人生を左右する決断を迫られた。

フラウエンフェルトに残れば、監督としてボスになれた。翌シーズンのコンセプトもすでに練っていた。騒がしくない環境で自分のサッカーを発展させられる。そして何より、すでにクラブに引き続き指揮を取ることを約束していた。

しかし、指導者としてブンデスリーガに行けるチャンスを、逃したくないという気持ちもあった。スイスの小さなクラブで終わるつもりはない。

レーヴはオファーを受けることを決断した。

未来永劫アシスタントコーチを続けるつもりは一切ない。いつかブンデスリーガのクラブの監督になるという目標を達成するために、次のステージに進むことを選んだのである。

■ レーヴに戦術を教えた名教官の正体

レーヴは現役時代、将来監督になることを目指して、スイスの『マグリンゲン・スポーツシューレ』における監督ライセンス講座に通った。ここでレーヴは、革新的なサッカー理論と出会うことになる。

そこで教官を務めていたのが、のちにドイツ代表のスカウト責任者に抜擢されるウルス・ジーゲンタラーだ。

2005年5月、ジーゲンタラーはレーヴの推薦により、クリンスマン監督の下で「チーフ・スカウト」に就任した。このときドイツサッカー界においてジーゲンタラーの名はほとんど知られていなかった。さらにこのスイス人は人前に出るのを嫌ったため、戦術オタクの変わり者というレッテルが貼られた。

だが、彼のルーツをたどれば、只者ではないことがすぐにわかる。

ジーゲンタラーの授業を受け、のちにドイツサッカー界で活躍した指導者は少なくない。レーヴのほかに、オットマール・ヒッツフェルト（ドルトムントとバイエルンでCL制覇）、元ボーフム監督のマルセル・コラー（現オーストリア代表監督）、元ウルム監督のマルチン・アンデルマットがいる。

コラーは現在のドイツ代表のサッカーに、ジーゲンタラーの影響を感じている。

「ドイツ代表のサッカーを見ると、レーヴの特徴だけでなく、ジーゲンタラーの特徴がにじんでいる」

アンデルマットはこう回想する。

「あれは伝説的な指導者養成講座だった。一切の妥協を許されなかった」


いったいこの戦術のエキスパートは何者なのか?

1947年、ジーゲンタラーはスイスのバーゼルで生まれた。

スイスの名門バーゼルのDFとして活躍し、同クラブで5度のリーグ優勝を経験。そのかたわら大学で建築エンジニアの資格を取得して、1970年、23歳のときに『ウルス・ジーゲンタラー株式会社』をバーゼルに設立した。

だが、サッカーへの情熱は抑えられなかった。1978年、ジーゲンタラーはケルン体育大学で監督ライセンスを取得する。

ライセンス講座の教官だったゲロ・ビザンツはこう振り返る。

「彼は野心家で、サッカーの垣根を越えて他の競技や文化にも興味を持っていた。ガムシャラで、芯が強く、議論好きな生徒だった」

ただし、成績は平凡なものだった。たとえば卒業試験における「トレーニング指導と戦術」の成績は3(6段階評価で1が最高点)にすぎなかった。

にもかかわらず伝説の講師になれたのは、「その後の経験が大きい」とジーゲンタラーは説明する。

まずはFCシャッフハウゼンやFCラウフェンといったスイスの小さなクラブで、選手兼監督として指導者のキャリアをスタートさせた。1983年にフランス1部のトゥールーズで、スイス人のダニエル・ジョンドゥプー監督の下でコーチに就任。１９８６年、ジョンドゥプーがスイス代表監督に就任したのに伴い、ジーゲンタラーは同代表のコーチになった。

その経験が認められて、１９８７年、バーゼルの監督に抜擢される。だが、ジーゲンタラーはこの名門を２部に降格させてしまった。さらに翌シーズン、ダイレクトでの１部昇格を逃すと解任された。「取り組みが革新的すぎた」と、のちにジーゲンタラーは反省している。彼にとって、最初で最後のプロ監督経験になった。

だが、ジーゲンタラーは監督として失敗したことで、逆に天職に出会うことになる。スイスサッカー協会の監督ライセンス講座の教官になると、誰にも邪魔されず、練習法と戦術をとことん追求しはじめた。

教え子のアンデルマットは振り返る。

「彼とジョンドゥプー代表監督によって、スイスサッカー界に新たな思想が生まれ、革新がもたらされたんだ」

１９９８年、マグリンゲンで働くかたわらスイスサッカー監督連盟の議長も任された。１９９２年から２００２年の間には、ＦＩＦＡの依頼で他国の監督向けの指導も行なった。

同じく教え子のレーヴは称賛する。

「私にここまで詳細に戦術を教えてくれた人物はほかにいない。サッカーの知識を断片的に持っている者はいたとしても、ここまで深く突き詰めて理解している人物はいないんだ。超一流の専門家だ」

ジーゲンタラーは、自らの指導スタイルをこう説明する。

「テクニック、戦術、コンディションの分野を個別ではなく、1つのまとまりとして教えた。また、講習で取り組んだのはサッカーだけではなかった。バドミントン、ホッケー、ハンドボール、バスケットボール。生徒たちを驚かすために、他のスポーツを毎月1回取り入れていた。育成という点でも、8歳から12歳の間にいろいろな動きを学ぶことが重要だ。それを伝えたかったんだ。また、スイスでは同じフィロソフィーのもとに育成がなされており、だからどの選手も4－4－2のシステムでプレーすることができた。そういう一貫した組織作りも教えていた」

当時、ジーゲンタラーがお手本にしたのは、他国より一歩も二歩も進んでいたフランスの育成だ。とりわけその看板的存在だったオセールとリヨンである。

ドイツ代表チームのスカウト主任、ジーゲンタラー。スイスの監督ライセンス講座では、レーヴに戦術を教えた教官でもあった。

また、アルゼンチン代表のアンダー年代を率いていたホセ・ペケルマン（現コロンビア代表監督）や、フランス人のアーセン・ベンゲル（現アーセナル監督）からも大きな影響を受けた。

クリンスマンとレーヴがドイツ代表で取り組んだサッカーの枠組は、すでにジーゲンタラーの手によってスイスで15年前に確立されていた。ボールの位置に応じてポジションを修正し、監督養成に力を入れ、ユースから大人まで同じフィロソフィーが採用されていた。

ジーゲンタラーたちはフランスに習い、スイスに育成年代のためのトレーニングセンターを設立した。そして4バック、ゾーンディフェンス、攻撃的なサッカーを教え込んだ。いかに横パスやバックパスに逃げずに攻撃を組み立てるかに取り組んだ。

彼らが力を入れたのは、サッカーの技術や戦術だけではない。同じくらい勉強も重視した。外部から教師を呼んで、選手たちの知性や人格を育もうとした。

ジーゲンタラーは言う。

「現代サッカーでは、精神力が問われる。それはピッチの上では学べない。学校でこそ学ぶことができる。選手は知性的でなければならない。なぜならプレッシャーのもとに能力を発揮し、秒単位で判断を下すことは、一種のインテリジェンスだからだ」

ジーゲンタラーは、選手のエモーショナルな部分にも注目した。感情はときに試合を左右するからだ。

それは選手一人の感情だけでなく、チーム全体の感情も含まれる。リードされたとき、劣勢のとき、重圧がかかったときに、チームがどんな心理状態になるかを知っておかなければならない。つまり個人心理や集団心理がどうプレーに現われるかということだ。当然、対戦相手をスカウティングするときもメンタルを分析する。

ジーゲンタラーによれば、どんなチームも追い込まれると体に染み付いているプレーが表に出る。たとえばかつてのドイツが、ロングボールを放り込んでいたように。だから彼は、不測の事態に陥ることを想定したプランをつねに準備していた。

ジーゲンタラーはたくさんのアイディアとコンセプトを持っていたが、スイスの選手たちの質は限られており、国際的な舞台でそれが日の目を見ることはなかった。

ただし、つねに目の前の現実から、最大の答えを導き出そうとしていた。

「スイスはドイツ語圏、フランス語圏、イタリア語圏に分かれており、それがチームをまとめるうえで弱点になっている。だが、その弱点を強みに変えることはできないだろうか？　テッシン人（イタリア語圏の人たち）が守備をして、ドイツ系スイス人が走り、ベェルシュ人（フランス語圏の人たち）がファンタジーを魅せる。そんなチームを当時は思い描いていた」

スイスでは実現しなかったこの夢は、さらに進化した形で、のちにドイツ代表でかなうことになる。

第3章

威厳を取り戻せなかった指導者

1995－1996年シーズンは、ブンデスリーガが新たな方式を取り入れたシーズンだった。初めて1試合の勝ち点が3になり、交代枠は2人から3人になったのだ。また、初めて選手の背番号が固定された。

そしてこのシーズンは、レーヴがシュトゥットガルトのアシスタントコーチに就任した年でもある。ロルフ・フリンガー監督は、レーヴをスイスから呼び寄せた理由をこう説明した。

「シャッフハウゼン時代に監督と選手だった関係から、彼のサッカーに対する姿勢、真面目さ、向上心をよく知っていた。理性的で、決してハッタリを言わない男である」

レーヴはシュトゥットガルトの練習場から車で約30分の、人口2500人の小さな街に引っ越した。コーチの就任会見では、スイスで受講していた監督講習を翌夏に再開して、ライセンスを取るつもりだと口にした。

そして、こう付け加えた。

「私の目的は監督になることだ」

自分はコーチで終わる指導者ではない――。それを新天地で知っておいてほしかったのだろう。

当時、シュツットガルトで強力な権力を握っていたのが、ゲルハルト・マイヤー・フォーフェルダーだった（のちのドイツサッカー協会会長）。

彼はスイスから連れて来たフリンガー新監督に大きな期待を寄せていた。なぜなら、それまでにもスイスのクラブから引き抜いた指揮官たちが、結果を出してきたからだ。

たとえばヘルムート・ベントハウスはバーゼルで7度優勝したことが評価されて、シュツットガルトの監督に就任すると、1984年にブンデスリーガ優勝を果たした。ユルゲン・ズンダーマンはセルベッチでの実績が見込まれてシュツットガルトに引き抜かれ、1977年に1部昇格を果たした。2年後にはブンデスリーガで2位になっている。フリンガーも実績では負けておらず、1993年にFCアーラウをスイスリーグで優勝させていた。

すでにチームの基礎が固まっていることも、期待を膨らませた。

クラシミール・バラコフがゲームメイクをして、フランク・ファーラートが守備を統率する。フリンガーの手によって、それがモダン化されるはずだった。

フリンガーは期待どおり、4バックのゾーンディフェンスを導入した。

この新監督は、選手たちに無条件でこのシステムに従うことを要求した。アシスタントコーチのレーヴが、説明のうまさを生かしてそれをサポートした。

レーヴはすぐに、ただの荷物運びではないことをピッチで示した。監督に忠実でありながら、自分の考えをしっかり持っており、緻密な仕事で練習や試合の準備に貢献した。

ただし、ピッチ内のイノベーションには時間がかかるものだ。まずは我慢を強いられることになる。

最大の誤算はゴールキーパーの経験不足だった。開幕前にベテランGKアイケ・インメルを放出して、若手のマルク・ツィークラーを起用したものの、ドイツ杯で格下のSVザントハウゼンにPK戦の末に敗れた。

3節にフライブルク相手に初勝利をあげたものの、5節では、レバークーゼンに1対4で大敗し、6節はドルトムントに3対6で敗戦。『キッカー』誌は「悲しい戦術の見せ物」と揶揄した。

ようやく2勝目をあげたのは、開幕から7試合目のことだった。

第7節でメンヘングラッドバッハ相手に高いパフォーマンスを見せ、5対0で圧勝。とくにトップ下のバラコフ、2トップのボビッチとエウベルが素晴らしい活躍をした。のちに彼らは「魔法の三角形」と呼ばれるようになる。

10月末、11節のバイエルン戦を3対5で落としても、もはや自信は揺らがなかった。レーヴはこんな強気な発言をした。

「きっとミュンヘンの人たちも、魅力的な試合を楽しんでくれたんじゃないかな」

ウィンターブレイクを迎えた時点で、驚くことにシュツットガルトはドルトムント、バイエルンに次ぐ3位につけていた。

ところが後期、前期の好調が嘘だったかのように、チームの転落が始まってしまう。

とくに痛かったのは、守備リーダーのファルラートの離脱だ。順位はじりじりと落ちはじめ、22節のドルトムント戦では0対5で完敗。チーム史上、ホームでもっとも得点差が開いた屈辱的な敗戦だった。

結局、シュツットガルトは10位でシーズンを終えた。期待はずれの結果である。

この急下降の原因はどこにあったのか？『キッカー』誌は、リーグで2番目に失点が多かった不安定な守備が原因だと分析した。もちろんこれはゴールキーパーの力不足が関係している。また、中心選手と監督のそりが合わなかったことも敗因のひとつにあげられた。

すでにシーズン中から監督解任の噂が出ていたが、チームは財政状況が厳しく、簡単には解雇できない事情があった。

そんな閉塞感が漂う中、突然、事態が動く。

96－97シーズンの開幕4日前、フリンガーが「スイス代表監督になるつもりだ」と発表して辞任したのである（実際、約2週間後に就任した）。正直、マイヤー・フォーフェルダー会長はホッとしただろう。

あまりにも急な出来事だったため、暫定的にアシスタントコーチのレーヴが監督を務めることになった。

レーヴは恩師に配慮し、「監督が激しく批判されていたのはとても悲しいことだった」とコメントしたが、目標は監督になることだったのだ。目の前のチャンスを手放すわけにはいかない。

ただし、立場はあくまで暫定である。

マイヤー・フォーフェルダー会長は次期監督に、イタリア人のネヴィオ・スカラを推していた。ACパルマとの契約が残っていたが、コンタクトを取り合っており、あとはチームからの了承が出るのを待つだけだった。

暫定監督としてのチャンスをものに

シャルケとの開幕戦までに、36歳の新指揮官に与えられた時間は3日間だけだった。マッチデープログラムで、レーヴはファンに結束を訴え、この先もチームに残りたいと語った。

正式監督への志願とも読み取れたが、それを受け入れてもらうためには、まずは結果で示さなければならない。

開幕戦前、レーヴは選手を焚き付けた。

「ドイツ中に自分たちの存在を見せつけてやれ。みんなお前たちが負けると思っている。予想をくつがえせ！　チームが死んでいないことを証明しろ！」

レーヴの言葉に応えるかのように、チームは生命力にみなぎったプレーを見せた。結果は4対0。スタジアム中が熱狂した。

実は新監督候補のネヴィオ・スカラが、スタジアムに招待されていた。彼は観客席で困惑せずにはいられなかった。

「このチームに新しい監督は必要なのか？　彼らはすでに素晴らしいサッカーをしているじゃないか」

初戦の大勝によって、レーヴを取り巻く環境が変わりはじめた。もしこのまま結果を出しつづけたら、暫定監督に留めてもいいという空気になろうとしていた。

レーヴはそこからさらに熱狂をもたらす。ブレーメンに2対1、ハンブルクに4対0で勝利して、3連勝を飾ったのだ。

『ビルト』紙はこんな見出しをつけた。

「やさしい暫定監督。どんなスター監督よりも彼のほうが優れている？」

『キッカー』誌は8月の月間ＭＶＰにレーヴを選出した。

「36歳の監督は、初めて手にしたチャンスを逃さなかった！」

レーヴをあまり評価していなかった会長も、考えを改めなければならなかった。会長が惹かれたのはレーヴの給料の安さだ。彼の月給は1万5０００マルクで、ヒッツフェルトやダウムといったスター監督の10分の1にすぎなかった。

新たな熱狂とともに大勢のファンが練習場に駆けつけ、チーム内の雰囲気も変わった。前任者のフリンガーはチーム内に派閥ができるのを阻止できず、何人かの選手を敵にまわしてしまった。だがレーヴは、瞬く間にチームをひとつにまとめて見せた。ブルガリア人のバラコフはチームを去りたがっていたが息を吹き返し、問題児扱いされていたトーマス・ベルトルトもチームの一員になった。

レーヴはこう呼びかけた。

「ひとつにまとまったときのみ、成功をつかむことができる」

選手たちもそれを受け入れた。フレディ・ボビッチはこう振り返る。

「みんなが自分のエゴは後回しにすべきだと理解したんだ。あと練習も楽しい。新監督はたくさんのことを教えてくれるから」

レーヴは選手との対話に時間をかけた。それによって新たなやり方を確信させようとした。

「もっとも重要なのは、偶然に頼らず、専門性に基づいたチームにすることなんだ」

またレーヴは責任をはっきりさせ、みんなの自尊心に訴えた。レーヴはそれが成功をもたらした理由だと感じている。

「自尊心があれば、選手たちは自らの力で成長していくものなのだよ」

ただし、当然ながら反発は根強くあった。

3連勝後に迎えた4節のケルン戦に向けて、地元紙『シュツットガルター・ツァイトゥング』は、皮肉混じりにこんな質問をした。

「早く暫定という文字を取りたいのでは？」

レーヴはまだ若いうえにもともとはコーチの立場だったため、選手からタメ口を使われていた。友達のような関係だったことも、メディアから見下される原因になっていた。

レーヴ本人にも責任があった。世渡り上手になればいいものを、真面目さを貫くことに意固地になっていたのである。たとえばインタビューのとき、スポンサーのバッジを胸に付けるのがブンデスリーガの慣例になっていたが、レーヴはそれを拒否。発言も隙がなく、ソーシャルワーカーのような大人しい印象を与えていた。

通常の監督とは、まったく違うイメージだ。プロの選手を飼いならすのに必要なオーラがない、と一部のメディアは感じた。

「私は本気で全選手に規律を求めている」

「チームに身を捧げない人間は、即刻つまみ出す」

強気な発言を繰り返しても、バーデン地方の田舎っぽい訛りだとどうしても説得力が弱まってしまう。

しかし、レーヴはフレンドリーなスタイルのまま、結果を出しつづけていく。４節のケルン戦は４対０で勝利。またしても大差をつけての圧勝だ。

もはやタメ口など問題ではない。レーヴは堂々と持論を展開した。

「オーラや威厳は、表面的なものから生み出されるのではない。すべては結果であり、アイディアやコンセプトを選手に確信させられれば、敬語を使う・使わないはまったく関係ないんだ」

さらに成功は続く。ドルトムントに1対1、カールスルーエに2対0。やさしすぎて退屈というレッテルを張られても、すべては結果が吹き飛ばした。

「やさしくして、親しみがあるが、ちょっとナイーヴ。最初はそういうレッテルを張られて心が乱れたが、いつの間にか気にならなくなった。自分は必要とあれば、一切の妥協なく、厳しい判断を下すことができる人間だ」

６試合を終えた時点で、勝ち点16。得点17、失点3。シュツットガルトは首位に立っていた。注目すべきは、ただ勝っただけでなく、美しいサッカーという内容面でも魅了したことだ。気分屋のシュツットガルト人も、もう文句を言えない。

この成功は、いったいどこからもたらされたのだろう？

レーヴはこう説明する。

「フリンガー前監督は素晴らしいアイディアの持ち主で、すでにチームにそれを植え付けていた。

私はただその眠っているポテンシャルを呼び覚ませばよかったんだ」

とはいえポテンシャルを呼び覚ますためには、いくつかの戦術的な変更が必要だった。

まずレーヴは、システムを4－4－2から3－5－2にチェンジした。

3バックは、左にベルトルト、リベロにフェルラート、右にシュナイダー。その前にポシュナーとソルドが守備的MFとして並んで、トップ下のバラコフを守る。そしてレガットとハグネルがサイドに入り、2トップをエウベルとボビッチが組んだ。

この中でとくに高く評価されたユニットが、エウベル、ボビッチ、バラコフが形作る「マジック・トライアングル」だ。ボビッチが「あれほど完璧な攻撃は、ほかには思いつかない」と言うほど、3人が特別な輝きを放った。

レーヴはシステムをあらかじめ決める監督だが、ガチガチの戦術によって選手の創造性を制限したくなかった。基本となる構造は必要だが、選手の能力が生きなければ本末転倒である。

レーヴの信条はこうだ。

「誰が何をしてもいい。秩序に合致してさえいれば」

のちにボビッチは、これこそが「レーヴの原理原則」であることに気がついた。

「監督はオレたちの長所をみて、どうすれば噛み合うのかよく観察していた。そして、自由を与えてくれた」

ファンの支持により新監督誕生

マイヤー・フォーフェルダー会長は、レーヴへの評価を少しずつ変えながらも、依然として正式監督に昇格させることを迷っていた。無名の監督を起用して失敗したら、自分に批判が及ぶからだ。しかし、もはや決断を先延ばしにできない。

アンケートが行なわれると、シュツットガルトのファンの90％が、レーヴが正式監督になることを希望していることがわかった。

1996年9月21日、ついに決着がつく。クラブの理事会によって、レーヴの監督就任が承認された。

だが、正式監督として迎えた初めての試合で、レーヴはいきなり躓《つまず》いてしまう。フォルトゥナ・デュッセルドルフに0対2で敗れてしまった。人気記者のマーティン・ヘーゲレは「まだレーヴはシェフになりきれていない」と批判した。

実際、シェフと言い切れない部分もあった。レーヴはスイスでの監督講習を中断していたため、ブンデスリーガで指揮を取るために必要な監督ライセンスを持っていなかったのだ。

レーヴは正式な監督になったからといって、自らのスタイルを変えるつもりはなかった。ムチではなく、対話によって信頼関係を築こうとした。

「私が伝えようとしているのは、論理的で実践可能なことだ。君たちはそれを理解してほしい」

レーヴは成功のためには、互いのリスペクトと信頼が不可欠であることを強調した。フェルラート、バラコフ、ボビッチが、監督と選手をつなぐ窓口になった。彼らが勝利のメンタリティを他の選手に伝えた。

残念ながら、シュツットガルトは14節の時点で首位に立ち、その後も24節で2位に浮上するなど優勝戦線に食らいついたが、最終的には4位でシーズンを終えた。だが、2年前は12位、1年前は11位だったことを考えると大健闘と言えた。


さらに忘れてはいけないのは、ドイツ杯の決勝に勝ち進んだことだ。

97年6月14日、レーヴたちは決勝の地ベルリンに乗り込んだ。相手は2部から昇格したコットブス。「マジック・トライアングル」の敵ではない。エウベルの2ゴールによって2対0で快勝した。

ドイツ杯優勝を祝うために、シュツットガルトのメイン広場には2万人のファンが集まった。なぜかレーヴは坊主頭で現われ、祝福パーティーをさらに盛り上げた（選手のポシュナーが丸刈りにした）。

大活躍した選手のひとり、ベルトルトはこのシーズンのベスト監督はレーヴしかいないと考えていた。

「何せドイツ杯で優勝して、リーグ戦でもずっと優勝争いに絡んでいたのだからね。レーヴは選手のメンタルを変えて成長させられることを証明したんだ」

チームスピリットの欠如で組織にヒビ

レーヴは大きな自信とともに、2シーズン目を迎えた。

「選手よりも監督をやるほうが楽しいと感じるようになった。つねに複雑な課題が突きつけられるからね」

ただし、97−98シーズンに臨むうえでひとつ痛かったのは、「マジック・トライアングル」のひとり、エウベルがバイエルンに移籍してしまったことだ。ロストックからFWのジョナサン・アクポボリーを獲得し、中盤にはグラスホッパー・チューリッヒからムラト・ヤキンが加入したものの、いきなりエウベルのような働きを求めるのは酷だろう。4位でウインターブレイクを迎えたのは、それほど悪くない結果だった。

だが1年目が良かった分、求められる要求も高くなる。前期最後の試合でレバークーゼンに1対6で敗れると、騒がしい冬休みが訪れてしまう。

翌年98年1月のドバイ合宿で、チーム内に問題がくすぶっていることが露わになった。一部の選手から、「チームマネージャー」(ゼネラルマネージャーに近い役職)を置いてほしいという要求が出たのだ。選手の投票によって、ハンシ・ミュラーが選ばれた。チームマネージャーの設置の要求は、監督に対する不信任投票と解釈することもできた。

また、ヤキンの孤立も浮き彫りになった。

トップ下のバラコフが『ビルト』紙で「俺の後ろでポシュナーがプレーするか、もしくは俺が移籍するかのどちらかだ」と、ヤキンをはずすことを要求。これをフェルラートやベルトルトも支持した。

ヤキンは技術はあるものの、走力はそれほどない選手だった。このトルコ系スイス人が守備的MFに入ることで、バラコフは自分の守備の負担が増えたと感じていた。

この選手たちの要求に、レーヴは応じてしまう。

後期、ヤキンは10度出場したが、そのうち守備的MFとして出たのは3回のみ（おもにDFとして出場）。ポジションや戦術の度重なる変更によって、もはや1年目のような安定感は生み出せなかった。レーヴは確実性と創造性のミックスを実現することができなかった。

そしてチームの雰囲気をコントロールすることに失敗した。チームスピリットの欠如が、築き上げた組織にヒビを入れてしまった。

2月、危機が表面化する。ドルトムントとカイザースラウテルンに連敗し、さらにドイツ杯準決勝でバイエルンに翻弄されて0対3で敗れた。ロッカールームに戻る通路で、選手たちは怒りの声を張り上げた。レーヴは途方に暮れて、ただそれを見つめることしかできなかった。

会長との不和が表面化

マイヤー・フォーフェルダー会長は監督交代をほのめかすようになり、『スポーツビルト』誌は「崖っぷちのレーヴ」と見出しをつけた。

批判が渦巻く一方、シュツットガルトはカップウィナーズ・カップを勝ち上がっており、準々決勝でスラビア・プラハを退け、準決勝はロコモティフ・モスクワと対戦することになった。勝てない相手ではない。

だからレーヴは「もし5位に入って、カップウィナーズ・カップの決勝戦に進出できれば、今季は満足すべき」と訴えた。だが、会長は不満をメディアにしゃべりつづけた。

マネジメントにおける矛盾も、メディアから槍玉にあげられた。

ヤキンがバイエルン戦の前日、夜中にレストランにいるのが目撃されたにもかかわらず、レーヴは先発からはずさなかった。パスタを食べて水を飲んでいただけだったから、とのちにレーヴは弁明したが、ほかの選手は納得できないだろう。なぜならハベールとポシュナーが平日の深夜3時までバーにいたのが目撃されたときは、彼らを次の試合でメンバー外にしたからだ。

また、ボビッチとフェアラートが公の場で監督を批判しても、お咎めがなかったのも不可解だった。

レーヴへの批判が高まるに連れて、次期監督の名前がメディアで噂されるようになった。会長のイチオシは、カールスルーエで解任されたばかりのビンフリード・シェーファーだった。会長がオットマール・ヒッツフェルトに会ったという噂も流れた。

ただし、レーヴも意地を見せる。

「未来に何の恐れもない」と宣言し、カップウィナーズ・カップ準決勝でロコモティフ相手にホームで2対1、アウェーで1対0で勝利して決勝進出を決めた。

シュツットガルトとの別れ

ファイナリストになったのに解任されようとしている——。この奇妙な状況を、人気司会者のハラルド・シュミットは「レーヴはカップウィナーズ・カップの優勝監督として解任されるだろうね」と言ってネタにした。

会長への逆風は強まった。

『キッカー』誌が、レーヴを4月の月間MVPに選んだのだ。シュツットガルトが5位以内に与えられるUEFAカップ出場権争いに加わり、さらにカップウィナーズ・カップの決勝に進んだことが評価された。

その賞に応えるかのように、シュツットガルトは最終節でブレーメンに勝利して4位になって、UEFAカップの出場権を手にした。

ファンは「シェーファー反対」というプラカードを掲げて会長に抗議した。「レーヴは残って、会長が出て行け！」というものもあった。

5月13日、カップウィナーズ・カップ決勝。シュツットガルトはストックホルムでチェルシーと対戦した。

立ち上がりはシュツットガルトが勇敢に攻め、いくつかのシュートチャンスを作った。だが、しだいにチェルシーが主導権を握っていく。試合が動いたのは71分。途中出場のジャンフランコ・ゾラが、ピッチに入ってわずか17秒でゴールを決めた。シュツットガルトは0対1で敗れた。

レーヴは敗因をこう語った。

「もし前半の決定機を生かしていたら、勝つことができたと思う。後半のようにハイボールばかりになると、自分たちが勝つチャンスは低くなってしまう」

試合後、会長はロッカールームに姿を現わさなかった。これがレーヴのシュツットガルトにおける最後の指揮となった。あと1年契約が残っていたが、レーヴは解任された。

レーヴが得た教訓

この解任を巡って、メディアではいろいろな反応が見られた。

1998年、シュツットガルトはカップウィナーズ・カップを勝ち上がり、準決勝でロコモティフ・モスクワと対戦。ホームで2対1で勝利し、レーヴは両腕を突き上げた。

『スポーツビルト』誌はこんなひどい形でチームが解体されるのはめったにないと同情した。『ビルト』紙は「レーヴはときおりドイツでもっとも美しく、魅力的なサッカーを見せた。今後、クラブの歴史上最高の監督のひとりと見なされるだろう」と称えた。

一方、『シュツットガルター・ツァイトゥング』紙は冷ややかな態度を取った。

「これはレーヴの指導者としての素質によるものではない。選手のおかげで、彼がキャリアアップさせてもらったようなものだ」

レーヴにも言い分はある。とくに不満だったのは、会長が十分なサポートをしてくれなかったことだ。

「すべての監督にとって、後ろ盾がいることがものすごく重要なんだ。上司からの保護があれば、失った威厳を取り戻すことができる」

もちろん監督として足りないものがたくさんあったことを、レーヴは辞任後に気がつかされた。たとえば「監督は権力の座を得なければならない」。

シュツットガルトの監督時代、つねに「やさしいレーヴさん」というフレーズがまとわりついてきた。途中から気にならなくなったが、そのイメージを悪用しようとする人間が出てくることまでは予想できなかった。いくらレーヴが「自分はやさしすぎない」と主張しても、ネガティブキャンペーンを止めることはできなかった。

のちにレーヴは、自分の落ち度を認めている。

「私のミスは、何人かの選手をあまりにも長い期間かばってしまったことだ」

当時はチーム内の揉めごとは、子供のケンカのようなものだと考え、放ったらかしにしておいた。だが、それは間違いだった。もっと早く監督が動き、揉めごとを解決すべきだったのである。

しかし、それでもレーヴは2年間の指揮を誇りに思っていいだろう。2年連続で4位になり、ドイツ杯優勝を果たし、カップウィナーズ・カップで準優勝を果たしたのだから。ちなみにレーヴの後任となったシェーファーは、結果が出ず、1年ともたずに解任された。

シュツットガルトにおける最後は騒動に巻き込まれたが、レーヴは自分の能力に疑いを持つ必要はなかった。実際、レーヴの未来を信じている人間がいた。

DFのトーマス・シュナイダーは言った。

「ヨギは自分が会った中で、人間的に最高の監督のひとりだ。きっといつか注目を集める日が来る」

第4章　未知なる世界への旅

シュツットガルトの監督を解任されたものの、レーヴにとってはネガティブではなく、ポジティブな2年間だったと記憶されている。なぜならその経験が、新たな扉を開いたからだ。

「シュツットガルトで出した結果のおかげで、私はトルコのクラブを指揮するチャンスを得た。イスタンブールでの経験が、私を人間として、監督として成長させてくれた」

レーヴとトルコは深い絆で結ばれている。

それはユーロ２００８の準決勝で、ドイツとトルコが対戦することになったときにあらためて浮き彫りになった。

レーヴは自らをドイツとトルコの友好大使と考えており、一切の挑発を望んでいなかった。試合の2日前に、レーヴは会見で言った。

「トルコで外国人として暮らした経験は、私にとってものすごく良い思い出だ。私の生き方に影響を与えたんだ」

トルコ人もレーヴを愛していた。２００９年10月、トルコ代表のファティ・テリムが辞任すると、トルコのメディアは「レーヴが帰って来る」という噂を報じた。もちろんそれは真実ではない。レーヴは2010年W杯を目指して戦いの真っただ中だった。そういう待望論が出るほどに、レーヴはトルコで愛されているのである。

ハルン・アルスランの重要な交渉

1998年夏、シュツットガルトの監督を解任されたとき、レーヴは2部や3部にカテゴリーを下げて監督をしたり、誰かの下でアシスタントコーチをやるつもりはまったくなかった。

そういう状況で知り合ったのが、トルコ系ドイツ人のハルン・アルスランだ。現在、レーヴの代理人およびキャリアアドバイザーを務める人物である。

アルスランは1971年、15歳のときにトルコからドイツのハノーファーへ移り住んできた。工場で稼いだ資金でレストランを始め、空いた時間にアマチュアレベルでサッカーを楽しんだ。40歳をすぎたとき、あるアイディアが頭をよぎった。趣味を仕事にしてみようと。アルスランは1998年にFIFAの代理人ライセンスを取得して、ハノーファーに会社を立ち上げた。

問題はどうやって最初の顧客を見つけるかだ。当然、代理人としての武器はドイツとトルコに通じていることである。

アルスランはイスタンブールのフェネルバフチェが監督を探しているという情報を得た。同時に気鋭の若手監督がシュツットガルトを解任されたことを知った。

折しもトルコでは、ドイツ人監督の評価が高まっているときだった。95年にクリストフ・ダウムがベジクタシュを優勝に導いたからだ。93年にはカリ・フェルトカンプがガラタサライを優勝させた。

思い切って電話をかけてみると、トントン拍子に事が進み、あっという間に契約が実現した。レーヴはギリシャのＡＥＫアテネからもオファーが届いていたが、フェネルバフチェを選んだのは「君はトルコのバイエルン・ミュンヘンの指揮を取れる」という口説き文句に野心をかき立てられたからだ。

ときに素人は、プロ以上に図々しくなる。アルスランは交渉の素人にもかかわらず、レーヴのために年俸３００万マルクという破格の条件を引き出した。運転手付きメルセデス・ベンツ１台、海を一望できる３５０平方メートルの一軒家もついてきた。

イスタンブールの冒険

レーヴはアシスタントコーチのフランク・ヴォルムートとともにイスタンブールの冒険を開始した。ヴォルムートはＦＣフライブルク時代のチームメイトで、気心が知れた仲だ（のちにヴォルムートはレーヴの口利きにより、ドイツサッカー協会の監督講習責任者になった。現在はドイツU20代表監督）。

フェネルバフチェが「トルコのバイエルン」というのは決して大袈裟ではなかった。トルコ中に同クラブのファンが散らばっており、その数は２５００万人に達すると言われていた。つまり国民の３分の1がファンなのだ。

つまりフェネルバフチェの監督に就任したら、自動的にトルコでもっとも有名な人間のひとりになるということだ。もしかしたらトルコの首相よりも重要かもしれない。

求められるのは優勝のみで、２位だったら失望されてしまう。さらにイスタンブールのライバルであるガラタサライとベジクタシュとのダービーに負けることも許されない。

レーヴは言う。

「いたるところでプレッシャーをかけられるんだ。すさまじいほどのね」

レーヴはイスタンブールという街のオリエンタルな魅力、そしてトルコ人たちのサッカーへの情熱に心を奪われた。レーヴの故郷の山奥とはまったく異なるエモーショナルな世界だ。女性でも、どの選手がどの背番号をつけているかを知っている。夏には深夜2時でも、ミニコートでは照明の下でサッカーが繰り広げられていた。

いたるところで、トルコ人たちの感情がレーヴに押し寄せてきた。

「信じられないほどに、温かくもてなしてくれるんだ。ＴＶでしか見たことがないのに食事に招待してくれたり。それも裕福ではない人まで」

知らない人たちとテーブルを囲み、家族のように祝福しあった。恥ずかしがり屋だったレーヴも、突然ファンから抱きつかれても、プレゼントされても、子供を抱きかかえてほしいと頼まれても、素直に喜んで応じることができた。

トルコの文化に溶け込もうとしたことで、レーヴはさらに愛される存在になった。クールだった理論家のあまりの変貌ぶりに「何が起きているのか、信じられない」と『シュッツットガルター・ツァイトゥング』紙は報じた。

「誰もが挨拶をしたがり、ひと目見ようと人だかりができる。レーヴはイスタンブールでアイドルになっていた」

ただし、長所と短所はコインの裏返しだ。

レーヴは言う。

「トルコの人たちは、頭ではなく、ハートで物事を考えるんだ。天国か地獄しかない。もし負けたり、引き分けたりしたら、今までは応援のために振ってくれていた手が、急にこちらの首を絞める手になる」

とくに身に危険が及ぶのが、地元のライバル、ガラタサライとベジクタシュとのアウェーの試合だ。

「ガラタサライに行ったとき、石がバスの窓ガラスを突き抜けたことがあった。本当に恐怖を感じたよ」

フェネルバフチェは対策として、ロゴが入ったチームバスを持たず、つねに異なるバス会社を使

1999年、トルコリーグのフェネルバフチェ監督時代のレーヴ。隣りにいるのは、ブンデスリーガ、トルコリーグで監督を務めたカール・ハインツ・フェルドカンプ。

った。あるアウェーの試合で負けて飛行機で帰ったときには、イスタンブールの空港の外でファンが待ち伏せし、選手とスタッフが空港から出られなかったこともあった。

メディアも普通ではない。

どこにでも記者が待ち伏せしており、普通の感覚の監督なら誰でもカルチャーショックを受ける。レーヴが最初にイスタンブールの空港に到着したときは、独占インタビューを狙って100人以上の記者が待ち構えていた。フェネルバフチェでは週に3回記者会見を開くことが求められ、街ではパパラッチに追われた。

新聞を開けば、受けた覚えのない自分のインタビューが掲載されており、さらに会見での発言もねじ曲げて伝えられた。

コーチのヴォルムートは当時をこう語る。

「就任当初、ヨギは新聞を翻訳させてチェックしていた。けれど、すぐにどうでもよくなった。記者の書くことに干渉するのは無理だとわかったからだ」

レーヴがトルコで唯一静けさを感じられるのは、クラブから提供された自宅だけだった。ヨットハーバーのすぐ近くで、プールがあった。

近くにはドイツ出身のトルコ人DF、ムスタファ・ドガンが住んでいた。ある日、ドガンは仲間たちと夜中にバーベキューで大騒ぎしていたところ、突然レーヴがドアをノックした。ドガンは監督から怒られるかと思ったが、そうではなかった。レーヴは差し入れとして、ポテトサラダを持って来たのである。

ただし、プライベートではフレンドリーでも、ピッチでは一切特別扱いしなかった。ドガンは言う。

「ヨギは真のプロフェッショナルだ。フェネルバフチェでは重圧がかかるが、彼が冷静さを失ったのを見たことがない」

トルコでひとつ問題だったのは、能力主義ではなく、年齢によるヒエラルキーがあったことだ。若手が年上の選手に遠慮してしまうのである。また、きちんとした育成が行なわれておらず、技術はあるものの、攻守の切り替えが遅い選手が多かった。

そこでレーヴは、年功序列を無視して最初の1週間で伸びないと感じた8人の選手を、トップチームからはずす決断を下した。シュツットガルトでは「軟弱すぎる」と揶揄されていた男が、トルコでは別人のようになっていた。

熱狂の1年は平凡な結果で終わる

レーヴはただ勝利するだけでなく、魅力的で攻撃的なサッカーを目指すと宣言した。そして、ドイツ人監督はその約束を守る。

9月のUEFAカップではパルマに計2対3で敗れて敗退したものの、アグレッシブなサッカーで国内リーグでは勝ち星を重ね、「秋の王者」（前期を終えた時点の首位チーム）になったのだ。自ずとレーヴへの評価が高まり、アジズ・ユルドゥム会長は2000年までの契約延長をオファー。1月に延長が決まった。

しかし、レーヴは嫌な予感を覚えはじめていた。チームへの評価が過度に高まっていたからだ。

「こういう浮かれたムードは必ず選手に伝染するものなんだ。自分たちの力を過大評価しないように、私がブレーキを引かなければならない」

嫌な予感は的中してしまう。

フェネルバフチェは少しずつ順位を落とし、2位のベジクタシュとの直接対決を1対2で落としてしまった。その結果、残り8試合で、首位ガラタサライと勝ち点8差、2位ベジクタシュと勝ち点5差に開いてしまった。これだけのリードを許せば、もはや優勝は諦めなければならなかった。

意地を見せて終盤に追い上げ、優勝したガラタサライとの勝ち点を最終的には2にまで縮めた。得点84、失点29という数字を見れば、レーヴのチームがいかに魅力的なサッカーをしていたかがわかる。だが、プロの世界において、すべては結果なのだ。

「いいサッカーをしても、それは付け合わせにすぎない。結果こそがメインディッシュだ」

イスタンブールでの美しい時間は1年で終わろうとしていた。最終戦の2時間前、通訳を通してこれが最後の指揮になるだろうと告げられた。そして試合直後、解任が決定した。

ただし、トルコリーグの文化を考えると、1年間もっただけでも良くやったと言うべきだろう。この98－99シーズンは18チーム中16チームで監督が途中解任され、1年間を通して指揮を取ったのは優勝したガラタサライのテリムとレーヴのみだった。

ファンも満足していないわけではなかった。

レーヴがもたらしたのは、フェネルバフチェの直近の20年間でもっとも魅力的なサッカーだったからだ。いまだにレーヴの代理人は、ファンから感謝を伝えられるという。

ドイツ代表の成功によって、この解任はユルドゥム会長の判断ミスだったとのちに多くの人が感じるようになる。

ただ、ユルドゥム会長にも同情の余地がある。彼もレーヴの力は評価していたのだ。だが、会長の地位は磐石ではなく、敵対勢力からの批判をかわすために監督を交代せざるをえなかった。

それでもレーヴにとっては、誰もがサッカーに熱狂する国でビッグクラブを率いた経験は、とてつもなく大きな財産になった。

「ものすごくポジティブなこともあれば、ものすごくネガティブなこともあった。だが、そういう経験を通して、精神的にタフになることができた」

ここで身につけたクールさは、のちにレーヴの代名詞となる。コーチを務めたヴォルムートは言う。

「トルコで生き残った者には、自然に独特の落ち着きが身につくものなんだ」

カールスルーエからの熱心な誘い

99年夏、イスタンブールでの乱気流のような一年間を終え、レーヴは故郷のバーデン地方でのんびり過ごすつもりだった。あの興奮を消化して、頭を整理するには時間がかかる。

だが、静けさは長続きしなかった。2部のカールスルーエからオファーが届いたのだ。

98年5月にカールスルーエは1部から降格し、1年での昇格を目指していたが最終的には5位となって、惜しくも目標は達成できなかった。悪いことに借金が膨らみ、戦力がダウン。続く99－00シーズンはスタートにつまずき、3部降格の可能性まで出てきてしまった。その苦しい中で目に留まったのが38歳の若き指揮官、レーヴだった。

最初にオファーを受けたとき、レーヴは断りを入れた。だが会長のローランド・シュミッダーとスポーツディレクターのギド・ブッフバルトが粘り強く交渉。レーヴはそれに心を動かされる。

「2人の諦めない姿勢に感銘を受けたんだ」

10月末に不振に喘ぐカールスルーエの新監督になった。

1999年、2部に降格していたカールスルーエの監督を務める。チームを好転させられず、在任中の177日でわずか1勝しかあげられなかった。

その時点ですでに8節を終えており、順位は13位。降格圏との勝ち点差はわずか1しかない危機的な状況だ。

レーヴは就任会見で楽天的な姿勢を示した。

「難しい状況だが、望みがないわけではない。ウィンターブレイクまでに降格圏から十分な勝ち点差をつけなければならない。中期的、長期的にカールスルーエには明るい未来が開けている」

だが、待っていたのは真っ暗な現実だった。

レーヴ就任からウィンターブレイクまで7試合連続で勝利なし。気がつけば降格圏に転落しており、残留圏との勝ち点差は4に広がってしまった。

レーヴは選手たちを厳しく批判した。

「個人のミス、技術不足、ボールがないときのプレーの拙さ、自信のなさ、フィジカル不足が敗因だった」

つまりすべて足りないということだ。基礎が身についておらず、すべて基本からやり直さなければならなかった。

レーヴはクラブの数年間の強化方針も問題だったと非難した。

カールスルーエでは毎年のように大勢の選手が入れ替わっており、チームに一体感がなかったのだ。

実際、メディアもブッフバルトを批判していた。3年前に浦和レッズから戻ってきたばかりで、スポーツディレクターとしての経験が不足していた。残念ながら、彼による補強はうまくいっていなかった。

辞任までに1勝しかできなかった

レーヴはチームの悪い流れを断ち切るために、ウィンターブレイクでは個人面談に力を入れた。エゴイストは排除し、チームのためにプレーする姿勢を求めた。

しかし、財政難が続いており、選手補強が進まない。スウェーデンU－21代表のエリック・エドマンと、スイス代表のFWパトリック・デナポリをレンタルで獲得するのが精一杯だった。

悪いことは重なるもので、レーヴはヘネフにおけるドイツサッカー協会の監督講習に出席するために、2000年1月の第一週はチームを離れなければならなかった。その間はアシスタントコーチのヴァルツとマルコ・ペッツァイオリ（2014年にセレッソ大阪の監督に就任）に、指揮を任せなければならない。いくら細かく練習内容を事前に指示していても、監督がいないと士気は落ちる。

もはやカールスルーエは、負のスパイラルから抜け出せなかった。

相変わらず勝利が遠く、2月28日のボルシアMG戦は1対4で敗戦。チームの初シュートは71分という体たらくだ。

ようやく初勝利をあげたのは、指揮を取ってから15試合目のことだった。3月19日の23節、フォルトナ・ケルンに2対1で勝利した。

しかし27節、ホームでハノーファーに1対3で敗れて、残留圏から勝ち点差が12に広がると、ついにレーヴは自らタオルを投げた。

「チームを好転させられなかった。チームの新しいスタートのために場所を空けたい」

177日でわずか1勝のみ。レーヴはカールスルーエの監督を辞任した。

しかし、レーヴはこの経験を完全に無駄だとは思っていない。

「自分の監督としてのイメージは傷ついたが、カールスルーエでの失敗は私を人間的に成長させてくれた」

レンタルで加入したデ・ナポリも、その見方に同意する。

「レーヴは運に恵まれなかっただけ。戦術的に素晴らしかったし、選手ともよく話していた。あのシーズンから多くのことを学んだと思う。とくにメディアとチーム幹部との向き合い方を」

ちなみに残りのシーズンはコーチのペッツァイオリが率いたが、カールスルーエは最下位から抜け出せず、3部への降格を食い止められなかった。

再びトルコリーグ、アダナへ

それにしてもなぜ、レーヴはカールスルーエを救うことはできなかったのだろう。

シュミッダー会長はレーヴを激しく批判しつづけたメディアを原因にあげたが、真の敗因はほかにあるだろう。

メディアが「リスク好きの分析屋」と名付けたように、レーヴはあまりにも難しい要求が多すぎた。3部降格の危機に瀕していたチームに、クリエイティブで攻撃的なサッカーを求めてもできるわけがない。

つまりレーヴは自分のコンセプトに固執しすぎたのだ。その点において一切の妥協をしなかった。時間を経て、レーヴはこう反省した。

「現状を考えて、チームを後方に引かせてカウンターを狙うべきだった。状況に応じてボールをスタンドに蹴り込むようなサッカーをすべきだった。あの経験から、ときには自分のフィロソフィーから少し離れるべきであることを学んだ」

レーヴは出世街道から転げ落ちてしまった。

皮肉にも辞任によって、ヘネフでじっくりと監督講習を終わらせる時間ができたが、いくら監督ライセンスを取っても当分の間は名のあるチームからオファーが来るはずがない。

レーヴは約半年間、無職で過ごすことになる。自分のキャリアに不安を覚えるのには十分な時間だ。だから2000年12月、レーヴがトルコリーグの降格候補だったアダナスポルからのオファーに飛びついたのも仕方がなかった。名のある監督だったら引き受けないようなオファーだが、もはや藁《わら》をも摑《つか》むしかない。

アダナはシリア国境近くの地方クラブで、トルコでは5番目の規模の都市だ。フェネルバフチェ時代の大騒動を考えるとトルコでの指揮にうんざりしているかと思われたが、本人はトルコに良いイメージを抱いていて、たとえ地方クラブでも構わなかった。もしアダナを救えば、もっといいオファーが届くはずだという打算もあっただろう。

レーヴはカールスルーエ時代のコーチだったアルミン・ヴァルツをアシスタントコーチに置き、さらに元バイエルンのGKスベン・ショイアー、シュツットガルト時代の教え子のDFトーマス・ベルトルトを連れていった。

しかし、いきなり「チーム・ドイツ」は躓いてしまう。レーヴが指揮を取ってから3連敗。次は引き分けたものの4試合勝ちがなく、残留圏の15位まで勝ち点5差に開いてしまった。

オーナーのセム・ウザンは、選手と監督に責任があると非難した。ただし、DFのベルトルトが「監督に責任はない。ケガ人が多く、代わりとなる選手がほとんどいなかった」と言うように、レーヴとしてはその非難に対して納得できなかった。

レーヴは現状を変えるために、ウザンが住むイスタンブールへと飛んだ。しかし交渉は実らず、3月4日、レーヴの解任が決まった。わずか3カ月の短期政権だった。

ベルトルトはこう悔やむ。

「もっと時間が与えられるべきだった。オーナーに翻弄された。カオスだった」
結局、アダナは18位で2部に降格。レーヴの凱旋計画は失敗に終わった。

インスブルックでのタイトル獲得とチームの破産

レーヴはカールスルーエとアダナで立て続けに降格を食い止められず、もはや監督としての運に見放されたように見えた。だから2001年10月、オーストリアのインスブルックから問い合わせがきたときはほっとしたに違いない。チロル・インスブルックを率いていたクルト・ヤラがドイツの名門ハンブルガーSVに引き抜かれ、ポストが空いたのだ。

ただし、チロル・インスブルックの指揮は、難しい仕事になることが予想された。直前まで率いていたヤラがチームを二連覇に導いており、ファンの要求のハードルが高くなっていたからだ。新監督はつねに前任者と比較されることになるだろう。

それでも、このチャンスを逃すわけにはいかない。オファーから数日後、レーヴはインスブルックの監督に就任した。41歳にして、すでに5クラブ目だった。

だが、レーヴの就任の裏で、チームには危機が忍び寄っていた。それは財政破綻《はたん》――。選手の人件費高騰が財務を逼迫《ひっぱく》し、破産寸前になっていたのだ。

マーティン・ケルシャー会長は破産に関する報道を否定し、再建プランがあることを主張した。だが、彼が言う救済プログラムとはただの個人的な借金をすることで、状況はどんどん悪くなっていった。

UEFAカップのフィオレンティーナとの試合で、ついにケルシャー会長が辞任を表明する。後任は財務担当理事を務めていたオットマール・ブックミュラー。すぐさま支出を引き締めると宣言した。

ただし、ブックミュラーは戦力維持に理解を示し、中心選手を留めることを約束した。オーストリアの水準を考えると、十分にタイトルを守れる戦力だ。

UEFAカップはフィオレンティーナに計2対4で敗れてしまったものの、レーヴ率いる新生インスブルックは国内リーグでは2勝1分でスタートする。

レーヴが感銘を受けたのは、選手たちのモチベーションの高さだった。

初めてのアウェーの試合では、こんなことがあった。

「私たちはインスブルックを飛行機で出発したものの、霧でリンツに着陸を余儀なくされた。そこからバス移動になり、ドライブインで食事をして、キックオフの50分前にスタジアムについた。普通のチームなら、このトラブルを言い訳にするだろう。だが選手たちは違った。『監督、それでも勝つよ』と口を揃えて言ってくれた。そしてアドミラ・バッカーに2対0で勝利したんだ」

インスブルックは前期終了時点で首位に立った。2位に9ポイント差をつけており、さらに他チームに比べてまだ2試合が未消化だった。

ところが、ついに給料の支払いがストップしてしまう。2002年3月の時点で、何人かの選手は契約をすぐに破棄すると言いはじめた。

こういう環境でもレーヴはチームをひとつにまとめ、2位との差を14ポイントに広げたが、成績と財政の矛盾は大きくなる一方だった。

たとえばオーストリア・ウィーンとの試合は、大雪で中断に追い込まれ、警備員が人力で除雪しなければならなかった。チボリスタジアムは2000年にできた近代スタジアムで芝生の下に暖房設備があったが、電気代の支払いを止めていたのだ。

最終節の6週間前に優勝争いのレースは決着がついた。インスブルックが2位と17ポイントという圧倒的な差をつけて三連覇を達成した。

だが、もはやインスブルックの破産は避けられなかった。

地元の銀行が70万ユーロを援助したが、その際にクラブの財務を詳しく調べたところ、1500万ユーロの不足が明らかになった。追加融資が70万ユーロでは焼け石に水である。

6月16日、ついにブンデスリーガがライセンスを剥奪。インスブルックは3600万ユーロの負債で破産を宣告した。

救済計画が始まり、チロル・インスブルックは「ヴァッカー・チロル」と名前を変えて再スタートすることになった。ただし3部からスタートするためには、ライセンスを持つ他クラブとの合併が必須となった。

合併チームとなれば、いろいろな問題が生じる。3部なら最短で2年で1部に戻れるが、レーヴは監督を引き受けなかった。

ミリオネラーからの干渉

2002年夏、クラブの監督として成功したにもかかわらず、レーヴは再び無職になってしまう。ドイツのサッカー界からは、すっかり忘れられた存在になってしまった。『キッカー』誌の報道によれば、2003年1月、レーヴはUAEとグルジアの代表監督を断った。浪人生活に耐え、新たなチャンスを待ちつづけた。

2003年6月、ついに希望に見合うオファーが届く。

クリスファー・ダウムの後釜として、二冠達成をしたオーストリア・ウィーンの監督に就任。2年契約を結んだ。

状況はインスブルックと似ている。

優勝チームであること、そしてチーム運営に問題があるということだ。

インスブルックのような財務危機はなかったが、オーストリア・ウィーンにはフランク・シュトロナッハという絶対的な権力を握るオーナーがいた。

彼はオーストリア系カナダ人で、土木重機を扱う『マグナ』という企業の経営に成功していた。『マグナ』はオーストリア・ウィーンのメインスポンサーになると、出費を惜しまず、レーヴが来るまでにすでに約100万ユーロを選手補強に費やしていた。

ただし、資金を出す分、口も出す。このパトロンは監督人事に頻繁に介入し、過去には27日で首になった監督もいた。シュトロナッハの下でもっとも長く監督を務めたのはダウムで、それでも8カ月間にすぎなかった。

乱獲とも言える選手の補強によって、監督がやらなければならないことが山積みにされていた。

レーヴは言った。

「レンタルから戻ってくる選手も入れると、40人もの選手がいる。量から質への移行が必要だ。チームとしてのフィロソフィーを発展させなければならない」

チームは高齢化しており、中には力の衰えを隠せない選手もいる。雰囲気がいいはずがない。レーヴは「タイトルに集中しよう」と訴え、うぬぼれを正し、結果にこだわるムードを作ろうとした。

だが、スタートはオーナーの期待を満たすものではなかった。CL予備選でマルセイユに敗れ、本戦出場を逃してしまう。さらにＵＥＦＡカップでもドルトムントに敗れて、欧州の舞台から姿を消してしまった。

国内リーグでは善戦して長らく2位に留まり、19節には一時的に首位に立ったが、3月21日、最下位のケルンテンに0対2に敗れたことがオーナーの逆鱗《げきりん》に触れてしまう。まだ首位グラッツァーＡＫと勝ち点が並んでいるというのに、シュトロナッハは激怒して「レーヴはチームを進歩させられていない」とメディアに言い放った。

そしてシュトロナッハは、無理難題を押しつけてきた。指揮権をスポーツディレクターのギュンター・クロンシュタイナーに移し、レーヴは練習メニューを決めるだけの補助役に降格させると通告したのだ。もはや先発や戦術を決める権利はない。こんな条件を受け入れられるはずがなかった。レーヴはきっぱりと断り、即座に解任された。

結局、このシュトロナッハの変更は、何もプラスをもたらさなかった。グラッツァーＡＫが優勝し、オーストリア・ウィーンは2位のままシーズンを終えた。

レーヴははたして妥協して、「練習補助役」を受け入れるべきだったのだろうか？

のちにレーヴは信念を曲げなくて良かったと語っている。しかしそれは代表監督になって地位を固めてからで、成功してからそう言うのは誰でも簡単だろう。

2003年春、オーストリア・ウィーンから解任されたとき、監督としての実績は決して華々しいものではなかった。

唯一サッカー大国でも誇れる実績は、シュツットガルトでのドイツ杯優勝、カップウィナーズ・カップ準優勝、ブンデスリーガ4位を2回という成績くらいだ。

チロルで優勝したが、オーストリアでのタイトルはそれほど名声に寄与しない。

トルコリーグ3位は言わずもがな。

他のトピックスとしては、契約途中の解任が5回。カールスルーエでの3部への降格。有名なクラブに応募するには好ましくない経歴だ。

自らのサッカーフィロソフィーを〝行商〟しながら、シュツットガルトとイスタンブールでは輝くような攻撃サッカーをできた。だが、彼が夢見ていた、ヨーロッパのトップと張り合うだけでなく、パーフェクトな試合でヨーロッパのサッカー界を驚かせるという目標は、達成させることはできなかった。

それでもレーヴは、自分のアイディアと哲学を信じていた。

CLの舞台に目を移すと、2001年にバイエルンが優勝し、2002年にレバークーゼンが準優勝していた。一見すればドイツのサッカーは間違っていないように思われた。だが、レーヴはそこに潜む問題に気がついているという自負があった。

もっとドイツサッカー界は、他者から学ばなければいけないと強く危機感を抱いていた。

■ 国外視察とデータへの取り組み

指導者が他国に留学することは、今日ではそれほど珍しいことではない。ブンデスリーガのほとんどの監督たちは、一度は海外のクラブを研修で訪れている。

レーヴもそのひとりだ。

率いるクラブがない失業中のとき、ヒントを手にするために繰り返し国外のクラブに足を運んだ。たとえば、指導者になって間もない頃、イタリアのユースのトレーニングを視察した。

「彼らはドイツよりも戦術練習に力を入れていた。選手をフォーメーションに並べて、システム練習を1時間以上行なうんだ。彼らは戦術に対してまったく別の繊細さを持っていた」

レーヴはオランダにも出向き、ローダやアヤックスを訪れた。

2002年夏、破産したFCチロル・インスブルックを去った後には、イベリア半島(スペインとポルトガル)を視察地に選んだ。

スペインのサンセバスチャンをホームとするレアル・ソシエダを訪れ、レイノー・ドゥヌエ監督の指導をじっくりと観察した。ドゥヌエはフランス・ナントのユースアカデミーで監督を務め、のちにW杯王者となるデシャンやデサイーを育てた名伯楽である。

また、同じスペイン・バスク地方のビルバオに行き、ユップ・ハインケスの練習を視察。FCバルセロナにも足を運び、のちにセルビア代表監督になったラドミル・アンティッチの門を叩いた。ポルトガルのFCポルトにも赴いた。当時の監督はジョゼ・モウリーニョ。その02－03シーズンにFCポルトはポルトガルリーグを制し、翌シーズンにはCLで優勝して欧州の頂点に立った。レーヴはモウリーニョの成功の秘密を垣間見たに違いない。

所属クラブがないときこそ、監督の成長を左右する時期だとレーヴは考えている。クラブで働いているときは、日々の仕事に追われ、成長のための時間を取れないからだ。

ただ、そういう意味では、代表の仕事はクラブに比べると時間に余裕があった。

「代表では毎週の試合に追われずにすむため、俯瞰した視点でサッカーを見ることができた」

レーヴには、こんなモットーがある。監督は学ぶことを止めてはいけない。代表監督就任後も「まだまだ学ぶことはある」と公言した。

実際、国外視察は無駄ではなかった。

アーセナルの代名詞であるワンタッチ・フットボールや、チェルシーが先駆けとなったテンポフットボールは、大いに参考になった。

「FCバルセロナやベンゲル監督から学んだことが、私の成長を助けてくれた。それによって、サッカーのイメージが明確になった」

レーヴは視察を通して気がついたことがある。すべてのトップクラブは、一切の妥協なくハイテンポの中で練習をしていたということだ。チェルシーでも、アーセナルでも、マンチェスターでも、実際の試合を想定した強度の中で、それを体に染み付かせるかのように練習していた。

バルセロナでは、徹底したコンセプトに驚かされた。

バルセロナの有名なユースアカデミー『ラ・マシア』を訪れると、視察中、つねに同じメニューが行なわれていた。

「まずDFが20メートルのゴロのパスを中盤へ出す。MFはそのボールを反転しながら受け、鋭く強いゴロのパスで前へ出す。それをFWが受けると、フェイントを入れてからシュートを打つ。これを100回以上繰り返すんだ。ここで注目すべきは、パスはすべてゴロであること。胸や膝の高さにパスが浮いてしまうことはない」

2010年W杯の1年後、再びバルセロナを訪れたときには、11歳以下の練習に魅了された。

「すばしっこくプレーして、ボールがないときの動きもよく、コンビネーションもよい。つねに受け手の利き足にパスしており、細部へのこだわりがある。素晴らしい！」

ベンゲルから学んだのは、タレントの能力を嗅ぎ分ける感覚だ。このフランス人の知将は、選手の技術だけでなく、キャラクターを大切にしていた。

「ベンゲルはこう教えてくれた。インテリジェンスが備わったチームのときのみ、優勝できたと。彼にとってインテリジェンスとは、サッカーへの探究心、新しいことへの好奇心、変化に対して準備する力だ」

ベンゲルは選手の学習能力を見抜くことに長け、それが突出した目利きにつながっている、とレーヴは考えている。

アーセナルでは、15歳から17歳まで、学業と人格面の教育が重視されている。

「アーセナルでは、知能テストがあり、人格形成の授業がある。計画的に教育が行なわれ、人生設計のサポートが受けられるんだ」

それを知ったレーヴは、こんなスローガンを作った。

「選手はそれぞれ、自分をひとつの会社だと思わなければならない」


今となってはレーヴ自身が、研修を申し込まれる立場になった。

たとえばレーヴがFCチロルを率いて01－02シーズンにオーストリアリーグで優勝したときにDFだったバルター・コグラーが、ドイツ代表に研修生としてやってきた。

ドイツ代表での研修を終えると、コグラーはあらためてレーヴの手腕に感服した。

「モチベーションの上げ方、先見の明のあるコンセプト、しっかりと築かれた構造。昔と変わらず素晴らしかった」

■レーヴのアイディア収集者たち

こうやって他国に足を運ぶのは、監督のレーヴだけではない。

ドイツ代表コーチのハンジ・フリックは言う。

「私たちの長所は、つねに視線を外に向け、世界のサッカー界で何が起こっているかを観察していることだ。サッカーチームも、市場をくまなく分析して、どんな傾向があるかを知るという点では一般的な企業と同じである」

スカウト主任のジーゲンタラーはコンフェデレーションズカップやアフリカ選手権をもカバーし、フランスの育成センターを視察した。フリックはイングランドやスペインのトップチームを回った。ドイツ代表のスタッフたちは、アイディアとコンセプトを集めるためにつねに世界中を飛び回っている。

とくにグローバルな発想をもたらすうえで重要なのがジーゲンタラーだ。

世界中のトップチームの練習や試合を現地で観察しており、その知見をドイツ代表のチーム作りに還元する。レーヴは「代表に欠かせない存在」と絶賛する。

ジーゲンタラーからの助言は練習に生かされている。だが、単なるコピーは成長の妨げになると彼は警告する。必要なのは、自分たちのチームに合ったやり方を見つけることだ。

■データバンクの構築

レーヴが海外への視察を通して、ドイツが遅れていると感じたのは戦術や教育だけではない。データ分析の分野でも他国と差をつけられていた。

90年代、試合分析の市場にソフトウェアの会社が積極的に参入した。

たとえば1995年にフランスのニースで設立された「スポーツ・ユニバーサル・プロセス社」。この会社は現在、デュッセルドルフで2001年に設立された「マスターコーチ社」の筆頭株主になっている。ロンドンでは1996年に「オプタ・スポーツ社」が設立された。

ドイツ国内では、2001年、シャルケとヘルタ・ベルリンがマスターコーチ社の試合分析システム「エンタープライズ」を導入した。スイス代表もユーロ2004に向けて同社の力を借りた。

そして2005年、ついにドイツ代表はマスターコーチ社と契約する。翌年には、同社のデータアナリストのクリストファー・クレメンスが、ドイツ代表に加わることになった。

まず分析システム「ポシキャップ」（Posi Cap）が導入されたが、より効果を発揮したのは後継バージョンの「アミスコプロ」（Amisco Pro）である。

特別なカメラによって、ランニングコース、セットプレー、各選手の弱点と長所をあぶり出せるようになった。対応する実際のシーンを画面に出すことができ、グラフィック機能も優れていた。たとえば選手がどこでプレーに関与したかを示すヒートマップだ。

2006年末には、フリックの手によってデータバンクの構築が始まった。U－15からA代表選手までカバーしたものだ。試合データだけでなく、乳酸値といった医療データ、フィジカルテストの数値、戦術理解度、将来性もデータバンクに記録された。

フリックは言う。

「各ポジションの1番手、2番手だけでなく、3番手、4番手のことも知りたい。サッカーはもっとも複雑なスポーツだ。予測は極めて難しい。だからこそ、できる限りのことを把握しておく必要がある」

２００９年からは、全カテゴリーのドイツ代表監督が、このシステムを使えるようになった。

データには説得力がある。

ブンデスリーガの選手と比較するために、分析会社からプレミアリーグのデータを入手した。

その結果明らかになったのは、プレミアリーグのほうがブンデスリーガよりプレースピードが速いということだった。

たとえば08－09シーズン、プレミアリーグのストライカーはブンデスリーガのストライカーより、1試合当たり７００メートルから８００メートルも長く走っており、15回も多くスプリントをしていた。

データはブンデスリーガの関係者の目を覚ますうえで、とても重要な役割を果たした。

ドイツ代表アシスタントコーチのハンジ・フリック(左)。レーヴにとってなくてはならない存在である。2006年末から、フリックの手によってデータバンクの構築が始まった。

第5章

W杯勝利のための戦略

２００４年夏、ドイツサッカーはどん底にいた。

ユーロ２００４では2大会連続でグループリーグで敗退し、国民的ヒーローのルディ・フェラー監督がチームを去った。２００２年W杯の準優勝で一時はバラ色の未来が見えたかに思えたが、それはまやかしにすぎなかった。

ドイツは直近の5年間を振り返ると、サッカー大国と言われるイングランド、フランス、イタリア、ブラジル、アルゼンチン、オランダに一度も勝てていなかった。もはやドイツの武器であったフィジカルだけでは通用しなくなり、ワールドクラスと言えるのはミハエル・バラックのみだった。戦術の進化についていけず、新しいタレントも枯渇していた。２００１年に育成改革が実施されて下部組織の環境は変わったが、すぐにトップチームが若手を重用するには至らなかった。

当然、新しい代表監督選びは難航した。ドイツサッカーの衰退は明らかで、自国開催となる２００６年W杯で失態をさらす可能性が極めて高かった。そんな貧乏くじは誰も引きたくない。だが、想像しなかったところから、救世主が現われる。

この時期、元代表監督のベルティ・フォクツが息子とともにアメリカのカリフォルニアでキャンピングカーを借りてバカンスをすごしていた。

カリフォルニアには、元ドイツ代表のクリンスマンの家がある。この2人は1996年ユーロで優勝したときの監督とキャプテンだ。特別な絆で結ばれている。フォクツは息子とともに、クリンスマンの家を訪ねることにした。

その再会が、ドイツサッカーの歴史を動かすことになる。

互いにサッカーについて意見を交換すると、フォクツはクリンスマンが口にした多くのアイディアに驚愕した。ドイツサッカー界にはなかった発想ばかりだ。そして唐突にこんな質問を思いついた。

「自分が代表監督になるという想像をしたことはないかい？」

クリンスマンは答えた。

「想像したさ。でも、自分が代表監督になったら、かなり多くのことを変えなければならないだろうね」

翌朝、フォクツはドイツサッカー協会の専務理事、ホルスト・R・シュミットに電話をかけた。

「彼のアイディアを本気で実行したら、ドイツサッカーはものすごいことになるぞ」

シュミットもすぐにアイディアに魅了された。2日後、シュミットとサッカー協会のマイヤー・

フォーフェルダー会長がニューヨークに飛び、クリンスマンと会談することになった。

当時、クリンスマンはスポーツマーケティング会社『サッカー・ソリューションズ』を経営していた。そこで働くウォーレン・メルセレアウとミック・ホバンとともに、代表チームのための戦略書を作った。

のちにクリンスマンはこう振り返った。

「私が準備したコンセプトに、ドイツサッカー協会の2人は賛成してくれた。お金に関する問題は二の次で、1時間で片がついた。重要だったのは、仕事内容、権限、確約、そして私のイメージを共有できるスタッフをチームに入れられるかだった」

2人が私のプランに心を閉ざすなら、この仕事を絶対に引き受けなかった、とクリンスマンは説明する。同席した2人が心を閉ざすことはなかった。少し戸惑いながらも、望みを聞き入れ、自信を持って披露できる代表監督を見つけられたことを喜んだ。その感動はクリンスマンにも十分に伝わった。

2004年7月28日、クリンスマンがドイツ代表の監督に就任することが発表された。クリンスマンの40歳の誕生日の2日前のことだ。

いきなり就任会見で、メディアを驚かせる。目標は2年後の自国開催のW杯で優勝することだ、と公言したのだ。どん底にいた当時のドイツにとっては、途方もない目標である。

だが、アメリカナイズされたネオ・カリフォルニア人のクリンスマンにとって、最初に明確なビジョンを口にするのは当然の感覚なのだ。世間は無謀だと思っても、本人は大真面目だった。

さらにメッセージを発信することには、もうひとつ狙いがあった。

時代遅れで旧態依然としたドイツサッカー協会に、新しい風を送り込みたかったのだ。

クリンスマンは言い切った。

「箱をまるごと解体して、新しくする必要がある」

もし本当に高い目標を達成したいのなら、古いものを片付け、新しいものを採用しなければならない。それがクリンスマンの哲学である。

選手としてW杯優勝とユーロ優勝を経験したクリンスマンにとって、恐れるものは何一つなかった。シュツットガルトでキャリアをスタートし、インテル、ACモナコ、トットナムといった国外の有名クラブを渡り歩き、国際的な経験も豊かである。そしてアメリカ人の妻と2人の子供とともにロサンゼルスに居を構え、アメリカ文化を吸収してきた。

クリンスマンはいろいろな分野のスペシャリストを揃えようと考えた。

たとえば、オリバー・ビアホフ。ともに1996年ユーロを制した元チームメイトである。ビアホフはドイツ代表の「チームマネージャー」の座についた。

この役職は新しく作られたもので、ドイツサッカー協会からの委託で事務所を構える権利が与えられ、代表と外の世界（メディアやスポンサー）をつなぐ窓口になる。代表とブンデスリーガの折衝役も兼ねる。要するに監督を守るのが役目だ。

クリンスマンがチームマネージャーを置いたのは、ドイツ代表の活動をなるべくドイツサッカー協会から独立して自由に行ないたかったからだ。

そしてクリンスマンにとってチームマネージャーに次いで重要な役職が、アシスタントコーチだった。

クリンスマン自身、監督の経験がない。だからこそただ忠実なだけでなく、自ら監督の仕事をできるコーチが望ましかった。ベッケンバウアーはホルガー・オジェック（1990年W杯でドイツ代表が優勝したときのコーチ）を推薦したが、クリンスマンが望んでいる人物ではなかった。

ラルフ・ラングニック、アスゲイル・シグルヴィンソン、ヨアヒム・レーヴといった名前が有力候補としてあがった。クリンスマンはまだ何も言わなかったが、すでに腹は決めていた。

ヘネフで4バックを説明した男こそが、自分のコーチにもっともふさわしい、と。

単なるコーン置きの役割を超えて

代表監督が発表された日の午後、レーヴは故郷の森の中をジョギングしていた。そのとき携帯電話が鳴った。電話の主はクリンスマンだった。

「代表で私のアシスタントにならないか？」

いきなりのオファーに、レーヴは戸惑った。まったく想像をしていなかった道だからだ。しかし次の瞬間には、自分にとってどれほど大きなチャンスになるかを理解していた。

飛んで家に帰り、荷物をまとめて、クリンスマンが滞在していたコモ湖へ出発した。メディアから姿を隠すためだ。誰にも邪魔されず、2人で仕事について話し合うことができた。

「希望の人間を見つけることができた」

クリンスマンは就任会見の2日後、レーヴをコーチに選んだと発表すると、ヘネフでの4バックのエピソードを紹介した。

「ヨギは私にとってコーン置きをするような雑用のアシスタントとはまったく違う。私は彼に多くのことを任せるつもりだ。選手をしっかり指導することができると確信している」

左よりクリンスマン、レーヴ、オリバー・ビアホフ。チームマネージャーに任命されたビアホフは、協会から干渉を受けずに自由に改革を行なうための折衝の役割をはたした。

実際、レーヴが練習メニューを決め、指導を行なった。思考の波長が合うとクリンスマンは感じていた。とくに評価していたのは、レーヴの外国での監督経験だ。いろいろな世界を知るからこそ、たくさんの刺激をもたらせる、と。

偶然にも、クリンスマン、レーヴ、マイヤー・フォーフェルダー会長は、全員シュツットガルトにいたことがある。『ビルト』紙は「シュペッツェレ（シュヴァーベン地方の郷土料理）コネクション」と呼んだ。

ただし、心配される因縁もあった。レーヴをシュツットガルトの監督から解任したのは、当時クラブの会長だったマイヤー・フォーフェルダーだったからだ。

当然メディアから「関係は大丈夫か？」という質問が飛んだが、レーヴは「まったく問題ない」と即答した。

「私は雑用係としてきたのではない。この仕事をとても名誉に感じている。ユルゲンと私は攻撃的でアグレッシブなサッカーを目指すという共通のフィロソフィーを持っている。私はどのような仕事をすべきかをわかっている」

このような経緯で、世間では今にも忘れられそうになっていた失業中の監督が、ドイツ代表監督の右腕になった。

それにしても、偶然の連鎖による出会いだった。

もしレーヴがスイスで監督ライセンスを予定どおり取得できていれば、ヘネフでの追加講座に出席する必要はなく、そうしたらクリンスマンと席を並べて授業を受けることはなかったのだから。

フィロソフィーは監督に優る

レーヴは、2004年から始まった〝クリンスマン改革〟をこう回想する。

「それまでのドイツとは異なるサッカー文化を持ち込まなければならなかった。自分たちが受け身にならず、相手をプレッシャーにさらして積極的にプレーするサッカーだ」

クリンスマンは選手たちにこう要求した。

「ドイツは再び世界の頂点に立たなければならないんだ」

そのために必要なのは、揺るぎないフィロソフ

右よりフォーフェルダー会長、クリンスマン、レーヴ。3人は少なからぬ因縁によって結ばれていた。

ィーである。

「全員でボールを奪い、そこから素早くゴールに迫って行く。ファンは攻撃的で献身的なプレーを見たいんだ」

技術や戦術だけでは改革は起こせない。メンタリティーを変えることも不可欠だ。クリンスマンはドイツ人特有の悲観主義を捨てることも訴えた。

「アメリカ文化が、私から失敗することの恐怖を取り除いてくれたんだ」

彼の考えはこうだ。

"Try and you will see"（やってみろ。そうすればわかる）

アグレッシブで、自分たちから仕掛け、攻撃的で、リスク管理ができている。そんな勇気とパワーに溢れたサッカーだ。そうすれば自ずと勝利がついてくる。

「とにかく始めよう。フィロソフィーは監督よりも優る存在なんだ。W杯はドイツを定義し直すチャンスである。ブランドを作れるはずだ」

戦術論のレクチャーを徹底的に行なう

クリンスマンは3つの大きな目標を掲げた。
1　W杯王者になる

2　ドイツにポジティブなイメージを作り出す

3　ドイツサッカーの向上

最初の2つは、3つ目の目標にかかっている。それを実現するには、長期的には各クラブとドイツサッカー協会の育成改革が必要であり、短期的には代表選手をレベルアップさせなければならない。

この短期的な向上を担ったのがレーヴだった。

8月18日、クリンスマン&レーヴ体制で初の試合が行なわれた。相手はオーストリア。試合は3対1で勝ったものの、ドイツにはフレッシュな若手と、明確なフィロソフィーが必要なことは明らかだった。

最初の数カ月、レーヴは厳しい「戦術の教師」と化す。

レーヴは補習が必要な選手を呼び、ホワイトボードの前に立って4バックについて説明した。

「私たちは相手に合わせているのではない。仲間に合わせるのだ。コレクティブに押し上げよう」

攻撃面では、もはやクラシックなゲームメイカーのようにのんびりと横パス、バックパスをつないでいたら通用しない。

レーヴは中盤がひし形の4−4−2のシステムを好んだ。各選手が何をすべきかがはっきりするからだ。全体の押し上げも少なくてすむ。

ＤＦラインの前にいる守備的ＭＦは、ドイツでは「6番」と呼ばれている（一昔前のＷＭシステムでそのポジションの選手が背番号6をつけていたから）。守備では掃除役になり、攻撃ではビルドアップの起点になることが求められる。また、このポジションは守備から攻撃への切り替えにおいて重要な役割を果たさなければならない。

中盤のひし形の頂点は、いわゆるトップ下（10番）だ。2トップを後ろからサポートしてアシストするという古典的なゲームメイカーに近い役割を担う。

左右のＭＦは、サイドと中央の中間に位置するハーフにポジションを取り、ビルドアップに関与する（いわゆるサイドハーフ）。大雑把に言えば、このシステムでは5人の選手が攻撃に参加するということだ。

実際にはさらに、空いているサイドのスペースに対してサイドバックも上がって来る。それによってＭＦがプレーする位置をさらに押し上げられる。

このシステムは速いショートパスの崩しに打ってつけで、攻撃においてたくさんの選択肢を生み出す。

しかし攻撃から守備への切り替えでは、次のような問題点を抱えている。ＭＦ同士の距離が離れているため、ＤＦラインの前にＭＦラインを作るのに時間がかかる。また、サイドバックが頻繁に前に上がるため、そこからカウンターを受けるリスクも大きい。

このような戦術論のレクチャーを、レーヴは徹底的に行なった。

ただし、人々の興味は移ろいやすい。

戦術論の次に注目を集めたのは、アメリカからやって来たフィットネスのエキスパートたちだった。

アメリカ流の最新トレーニング

2004年9月、ベルリンでのブラジル戦に向けて、クリンスマンは初めてアメリカのフィットネストレーナーたちにコンディショニングトレーニングを任せた。

彼らの任務は個別メニューによって、W杯までに選手が持つフィジカル能力を最大限伸ばすことだ。持久力、瞬発力、パワーといったカギになる能力をすべて引き上げなければならない。

ただし、エキスパートたちが持ち込んだトレーニング法——ファンクション診断、バイオメカニクス走行分析、コーディネーションおよびスタビリティのトレーニング——はドイツでは馴染みがなく、大きな議論を引き起こすことになる。

代表チームには以前から体やコンディショニングに関するエキスパートがいた（チームドクターのミュラー・ヴォールファールト、理学療法士のクラウス・エデール、専属料理人のサルビエロ・プグリーゼなど）。

アメリカ人たちの参加によって、さらに専門家集団としてのレベルが引き上げられた。

アメリカチームのリーダーは、軍事教官のようなマーク・ヴァーステーゲンだ。『アスリーツ・パフォーマンス』の創設者で、彼の下にあらゆる競技のトップアスリートがフィットネスの向上、ケガからの回復を目指して集まってくる。

この施設はアリゾナにあり、持久力、スピード、栄養といった専門知識を持つ約25名のスペシャリストが所属している。さらに彼の部下であるシャド・フォーサイスとキャリッグ・フリードマンもドイツ代表に加わった。


彼らは早速、ベルリンのトレーニングでセンセーションを巻き起こす。

立った状態で小さな輪になったゴムチューブで両膝を拘束し、その輪を外に広げさせる。そしてガニ股の状態を保ったまま、歩かせる。

まるでアヒルが歩くような感じで、この滑稽な「ゴムツイスト運動」は、クリンスマン率いるチームのトレードマークになった。

これを見ていた多くの人が首を傾げたが、クリンスマンには確固たるビジョンがあった。

「もしセンターフォワードのジャンプ力をアップさせられれば、年間のゴール数が2、3点増えるはずだ。そして、そのひとつがW杯でのゴールとなる」

クリンスマンは「もし自分が20歳でこのトレーニングに出会っていれば、私は100メートルを

12秒ではなく11秒で走れていただろう」と言うほど信頼を置いていた。

クリンスマンとレーヴは、フィジカルを最高の状態に仕上げられたときのみ、ドイツに優勝のチャンスが巡ってくると考えていた。

ただし、つねに走り回れというわけではない。重要なのは、ボールを奪ったあとに一気にテンポを上げることだ。

レーヴは何が重要であるかに気がついていた。

「相手が組織を作れていないときに、いかに素早くゴールに迫ることができるか」

横に横にパスをつなぐサッカーは、もはや現代では通用しない。縦へ縦へ進むサッカーのお手本として、レーヴがあげたのはモウリーニョが率いるチェルシーだ。

「彼らはボールを奪ってから、2秒で相手のペナルティエリアに到達している」

もし相手がセンターラインのうしろに10人で組織を作っていたら、ラトビアのような格下相手でも崩すのは難しい。

ボール奪取のあとに、ボールがないところでアクションを起こす選手や、前に走る選手が多ければ多いほど、チャンスは大きくなる。ペナルティ付近でも数的優位になり、ゴールの可能性も高まる。

プレミアリーグの強いチームのように、テンポをあげて、相手に息をつく暇を与えない。それが基本的なコンセプトだ。だからこそフィットネスとスピードが大事なのである。

アジアツアーに同行した心理カウンセラー

２００４年12月中旬、ドイツ代表一行はアジア３カ国を回るツアーに出発した。クリンスマンの意向により、このツアーを境に、長らくＧＫコーチを務めてきたゼップ・マイヤーが代表からはずされた。ゼップ・マイヤーは普段はバイエルンのＧＫコーチを務めており、同クラブの守護神であるオリバー・カーンの専属コーチのようになっていたからだ。代わりにＧＫコーチに指名されたのは、ともに90年Ｗ杯優勝を成しとげたアンディ・ケプケ。よりクリンスマン色が強まった。

また、このツアーから、スポーツ心理カウンセラーのハンス・ディーター・ハーマンが帯同した。周囲からはペテン師が加わるのかと揶揄する声があがったが、外国ではすでにいくつかのチームがメンタルトレーナーを雇って実績をあげていた。

心理カウンセラーというと悩みを聞いて相談に乗るイメージがあるが、そうではない。ヘルマンはメンタルをコントロールするためのテクニックを教えた。

失敗への不安、試合でのブーイング、試合前の過度のプレッシャーなどを、どう対処するかを教えるのだ。

レーヴ自身、選手時代からメンタルトレーニングの実行性を感じていた。

「すでに選手時代に潜在意識の大切さを自覚していた。精神療法の自律訓練法によって、ネガティブな結果をよりうまく消化できるようになるんだ」

ハーマンはどんなスポーツにおいても、メンタルトレーニングは必ず取り入れるべきものだと考えている。

「頭をトレーニングすれば、パフォーマンスが最適化される。たとえば集中のポイントの絞り方、状況の把握、思考の切り替えといったことだ。一方で、自分の感情の認識、ストレスへの対処、ミスのあとの即座のモチベーション獲得も重要だ」

心理学の恩恵を受けたのは選手だけではない。ハーマンは監督やコーチが選手にどう声をかけるべきかをアドバイスした。

レーヴはこう説明する。

「たとえば『ｎｉｃｈｔ』（英語のｎｏｔ）という否定的な言葉を、頻繁に使ってはいけない。大事なのは、目標や要求をポジティブに表現することだ」

心理学はチームスピリットを育むのにも貢献した。ハーマンの提案によって、選手たちが輪になって肩を組み「我々はひとつのチームだ！」と叫ぶのが恒例儀式になった。

また、Ｗ杯の予行演習となるコンフェデレーションズカップに向けて、ドイツ代表に強力なスタッフが加わった。レーヴがスイス時代に出会ったウルス・ジーゲンタラーだ。

ジーゲンタラーはスイスの監督ライセンス講座の講師で、レーヴはその生徒だった。レーヴからの推薦によって、このスイス人はドイツ代表のスカウト責任者に就任。対戦相手の戦術、長所、短所を徹底的に分析し、試合への戦略を立案する〝007〟だ。

ジーゲンタラーが優れていたのは、膨大な情報からポイントを絞ることだ。「ただデータを与えても選手たちは消化できないし、むしろ集中の妨げになる」とレーヴは言う。

相手の重大な弱点と長所を、それぞれ1つか2つくらいがちょうどいい。

コンフェデカップでのスカウティング

2005年5月、各大陸の王者が集うコンフェデレーションズカップが開催された。

「もしW杯で優勝したかったら、この大会に勝たないといけない」とドイツサッカー協会のツバンツィガー会長は宣言した。

ドイツはグループリーグの初戦でオーストラリアに4対3で勝利したものの、守備に課題があるのは明らかだった。

第2戦のチュニジア戦に向けて、初めてジーゲンタラーが選手たちに分析結果を直接説明した。伝えたのは次のことだ。

●ボールを失ったら、すぐに追いかけろ
●DFどうしの結合部を狙え。チュニジアはそこのカバーが得意ではない。
●チュニジアはシステムに忠実なため、布陣変更による驚きは心配しなくていい。

結果は3対0でドイツの勝利。ジーゲンタラーは最初の2得点を喜んだ。

「試合後、ロッカールーム前の通路で、何人かの選手たちがハイタッチをして、こんな合い言葉を口にしたんだ。『結合部を狙え』、『失ったら追いかけろ』。まさにその攻撃から2点が生まれたからね」

3戦目のアルゼンチン戦前、ジーゲンタラーは南米流の老練な戦い方に注意を促した。アルゼンチンは選手間の距離を縮めて密に守り、そこからボールを奪うと前線に走った選手に素早くパスを展開する。何年も同じやり方でプレーし、それゆえに完成度が高かった。

点の取り合いになって、結果は2対2。悪くない結果だ。

だが、それでもレーヴは「人々が言うほど私たちは良くない」とチームを引き締めた。

たとえばレーヴが課題としてあげたのは攻撃のさらなる近代化だ。

「ボールを持ってない選手の動き、ゴール前への速いパスの展開が、近代サッカーではさらに重要になってきている」

レーヴはお手本として、グループリーグのブラジル対日本の得点をあげた。ロナウジーニョからのアシストで生まれたロビーニョのゴールだ。

「こういったランニングコースは、練習次第で身につけることができる」

準決勝の相手は、そのブラジルになった。ジーゲンタラーは、FWとMFに対してセンターラインの前からプレスをかけて、そこからカウンターを仕掛けることを求めた。

指示どおり、選手たちはブラジルから何度もボールを奪った。だが、奪った後が遅く、短時間でゴール前には迫れなかった。FWのクラーニがバックパスをしたり、ボランチのフリンクスがワンツーで前に走り出すようなアクションを起こさなかったからだ。ドイツは果敢に挑んだが、2対3でブラジルに敗れた。

メキシコとの3位決定戦では、積極的に攻めながらも守備が不安定になるという、お決まりの展開になった。それでも延長の末、4対3で勝ったことでまずまずの成績で大会を終えることができた。

クリンスマン改革への批判と反撃

ファンはクリンスマンがもたらした攻撃サッカーに魅せられていた。チーム関係者も、自分たちの方向性が間違っていないことを確認できた。

2005年コンフェデレーションカップ、チュニジア戦でのポドルスキ。試合は3対0でドイツ代表が勝利した。

大会後、ジーゲンタラーをさらにサポートすべく、デュッセルドルフの分析会社『マスターコーチ』が加わることになった。同社のアナリスト、クリストファー・クレメンスが、データの専門家としてジーゲンタラーの右腕となる。

そのデータを集めるために、ユルゲン・ブッシュマン教授の協力の下、ケルン体育大学の学生たちによる『チーム・ケルン』が結成された。人海戦術によって対戦国を丸裸にする。

だが、改革が進めば進むほど、反発の声も強くなった。

クリンスマンがサッカー以外の専門家を集めることを、古株のサッカー関係者はおもしろく思っていない。アレルギー反応を起こすのも無理はなかった。

矛先はクリンスマンに向けられた。

たとえばクリンスマンは出費を惜しまず、慎ましさがなかった。代表の宿泊所としてスポーツシューレではなく市街地の高級ホテルを選び、移動はチャーター機。専門家の人件費も必要だ。協会の支出が一気に増えた。

ドイツ代表監督に就任しながら、依然としてアメリカのカリフォルニアに住んでいることも批判のもとになった。ウリ・ヘーネス、フランツ・ベッケンバウアーといったドイツサッカー界の大物が、ドイツに引っ越すべきと注文をつけた。

だが、クリンスマンが大人しく意見を聞くはずがない。距離があるほうが干渉を受けず、いい仕事ができると反論した。ブンデスリーガに関しても、レーヴや他のスタッフがしっかりとカバーしているると言った。

レーヴも監督を擁護した。コンフェデのブラジル戦前には毅然とこう語った。

「ブライトナーが私たちが陸上選手の養成をしていると批判するのは馬鹿げている。的はずれだ。それにアメリカ人（フィットネストレーナー）やスイス人（スカウト責任者）が何をもたらすことができるかという質問は失礼だ。ドイツという国がすべてをできると考えるのは傲慢だ」

しだいにレーヴにも批判の矛先が向きはじめる。

レーヴはブンデスリーガの選手たちのフィットネスが足りず、ドイツ全体のトレーニングのレベルアップを訴えていた。ブンデスリーガの関係者は、自分たちの能力が低いと馬鹿にされているような気分になった。

とくにウリ・ヘーネスは、腹を立てていた。

「W杯に向けたドイツ代表のプロジェクトに関して、『私たち』という言葉をよく耳にする。その『私たち』にはリーグも含まれるはずだ。だが、どの代表選手も20％、30％の能力向上の余地があると聞かされたら、侮辱されたと感じるのは当たり前だ。ましてその発言の主が、ドイツでそこまで結果を出していないレーヴなのだから」

結果を出すことが何よりの反論になるのだが、コンフェデ後、ドイツ代表の成長は鈍化してしまう。

オランダに2対2、スロバキアに0対2、南アフリカに4対2、トルコに1対2、中国に1対0。非常に不安定だった

だが、クリンスマンとレーヴは挑戦心を失っていなかった。2005年の最後の試合となったフランス戦で、システムの変形版に挑戦する。

キャプテンのバラックは基本的にトップ下だが（中盤はひし形）、相手ボールになるたびにディフェンスを強化するためにボランチの位置まで下がる。

守備のときはバラックとフリンクスがダブルボランチを組み、攻撃になるとバラックがトップ下に上がる可変システムだ。

それまで採用してきたひし形の中盤だと、DFラインの前で守る選手が一人だけだ。だが、こうやってバラックが下がって〝2人の6番〟で守ると、より守備が安定する。

ただし、フランス戦ではすぐには結果につながらず、攻撃力が弱まってゴールを決めることができず、スコアレスドローで終わってしまった。

テクニカルディレクター職の新設

クリンスマンは監督に就任して以来、マネージャー（ビアホフ）、スカウト主任（ジーゲンタラー）、

メンタルトレーナー（ハーマン）、フィットネストレーナー（ヴァーステーゲン）といった新たな役職を次々に代表チームへ導入した。

そして２００６年2月、ついにクリンスマン念願の役職が誕生する。それは代表のテクニカルディレクターだ。

いかにテクニカルディレクターが大事かを説明するために、レーヴはアルゼンチンの例をあげた。アルゼンチンのペケルマンは１９８２年から２００４年まで、アルゼンチンサッカー協会でユースの強化に取り組んだ。同じコンセプトで選手を育成し、この期間に3度もユース年代の世界大会で優勝した。のちにペケルマンはA代表の監督に就任した。

レーヴは解説する。

「U-17からU-20に上がっても、戦術が同じなので選手は戸惑わなくてすむ。アンダー年代からA代表まで、同じフィロソフィーが存在しているんだ」

まさにドイツにも、同じシステムが必要とされていた。

だが、組織には派閥があり、改革は容易ではない。クリンスマンは元ホッケー代表監督ペーターースを、テクニカルディレクターに抜擢したいと考えた。

クリンスマンがペーターースを気に入ったのは、ただ組織作りの経験があるだけでなく、選手のパーソナリティを育てるための専門知識を持っていたからだ。ペーターースはプライベートにまで踏み込んでアドバイスする。一流選手になるためには、サッカーを努力するだけでなく、自分のキャリアを設計できるようにインテリジェンスを磨かなければならない、と考えているからだ。

ところが、またしてもサッカー界の人間ではないために猛反発が起こる。結局、ドイツサッカー協会が指名したのは、元ドイツ代表のマティアス・ザマーだった。この決定に、クリンスマンは不満を隠さなかった。


それでも「iPod世代」の選手たちの視野を広げる試みは、監督の仕事の範囲の中でもできる。イスタンブールではみんなでボスポラス海峡で遊覧船に乗り、テヘランではサーダバード宮殿を訪れ、ベルリンではモダンアート美術館に行った。練習に他の競技の一流選手を呼んで、一緒にトレーニングを行なったりもした。

それに加えて、対戦国の文化についてのレクチャーを受けたり、起業コンサルタントや登山家を招いて講演会を受けさせたりするのが、クリンスマンの下では定番になっていた。

クリンスマンがとにかく強調したかったのは、各選手が自分の手でキャリアを築く意識を持つことだ。

今日ではプロ選手に求められることは増えつづけている。フィットネス、技術、戦術、疲労回復、栄養学、キャリアプラン。この要求を満たす者だけが代表に選ばれる資格を持つ。

その本気度を測るために、クリンスマンとレーヴは定期的にフィットネステストを行なった。代表の活動以外でどれだけ努力しているかが数値として表われる。

レーヴは言う。

「誰のフィットネスが伸び、誰が悪くなったか一目瞭然だ」

W杯に向けて、少しずつ選手たちはふるいにかけられていった。

イタリア戦の敗北で露呈した守備の甘さ

順調に準備が進んでいるかに思われたが、2006年2月、ドイツはイタリアとの親善試合で思わぬ失態をさらしてしまう。

ドイツのメンバーはGKレーマン、4バックにフリードリッヒ、メルテザッカー、フート、ラーム、ボランチにフリンクス（守備的）とバラック（攻撃的）、サイドハーフにダイスラーとシュナイダー、2トップはクローゼとポドルスキというほぼベストメンバーだ。途中からはシュバインシュタイガーとメッツェルダーも出場した。

だが、ドイツは守備がひどかった。秩序がなく、簡単にボールを失ってしまう。攻撃でも2トップの連携が悪い。目についたのは、所属クラブであまり試合に出ていない選手（メルテザッカー、フート、メッツェルダー、ダイスラー、シュバインシュタイガー）の実戦経験不足。0対2で敗れた。

一気に風向きが変わり、若返りを進めすぎた、経験が乏しい、攻撃的すぎるといった批判の声があがった。

レーヴにとっては、守備が穴だらけだったことにショックを受けた。フランス戦で布陣を微修正して、守備時にバラックを下げて〝2人の6番〟にしていたのだ。守備が安定するはずだった。

だが、まだ連携に問題があった。

イタリアの2点目は、ダイスラーのパスミスを取られてカウンターを受けたものだ。ボールを失ったとき、4人のDFはセンターラインのすぐ後ろで棒立ちになったままだった。もし相手が前へパスを出せる状態なら、彼らはすぐさまオートマチックに下がらなければならなかった。

レーヴはドイツ代表に足りないものに気がついた。

「私たちは攻撃的サッカーを目指して、攻撃の練習に多くの時間を費やしてきた。だが、このイタリア戦の敗戦を受けて、守備組織の強化にも取り組まなければいけないことがわかった」

理想のバランスを見つけ、新しい布陣でも攻守の切り替えを速くできるようにしなければならない。とくに前線と中盤が距離を縮めて連動することが必要だ。

攻撃力を失わずに、守備を整えられるのか。

不安を抱えたまま、ドイツはW杯を迎えようとしていた。

2005年コンフェデレーションカップ、ブラジル戦でのバラックとロナウジーニョ。ドイツは果敢に攻めたが惜しくも敗れる。バラックはチームの支柱だった。

第6章

新しいドイツサッカーの誕生

2006年5月、自国開催のW杯への準備が始まった。

5月15日、クリンスマンはベルリンで記者会見を開き、W杯メンバーを発表した。翌日からサルディーニャ島でコンディション調整の合宿がスタートし、23日からスイスのジュネーブに場所を移して戦術練習が行なわれた。

ドイツ代表が果たしてW杯で驚きをもたらせるかは誰にもわからなかったが、クリンスマンは少しの不安も感じていなかった。2年間の取り組みによって、素晴らしいチームを作り上げられたと確信していたからである。

メンバー発表のサプライズ

W杯メンバーを選ぶ際に、クリンスマンとレーヴのコンビは、プレーの質だけでなく、社会性、協調性、誠実さといったパーソナリティを重視した。

レーヴは言う。

「私は次の2つの振る舞いを好まない。1つはプロフェッショナルでない振る舞い。もう1つはチームメイト、メディア、ファンに対する傲慢な振る舞いだ。選手は感謝の気持ちと謙虚さを忘れてはならない」

とくにW杯で鍵になるのは、控え選手の態度だ。控え選手がサポートするという立場を受け入れ、グループからはずれてはいけない。さもなければチームが壊れてしまう。チームを作るうえで個人をバラバラに見るのではなく、組織として機能するかが大事だ。

ドイツ代表において、もっとも心配されたのはオリバー・カーンの存在だった。

クリンスマンはイェンス・レーマンとカーンを競わせ、W杯でどちらが正GKを務めるかをずっと明らかにしてこなかった。だが、2006年4月、ついに決着をつけ、レーマンを正GKにすると発表した。

レーマンはスローイングやゴールキックといった素早いビルドアップに優れており、正確な技術で攻撃の起点になることができた。クリンスマンとレーヴが求めるのは、まさにそうやって攻撃の第一歩になれるGKだった。

この決定によってカーンが不満分子になってもおかしくなかったが、心配はいらなかった。カーンは自分の役割を受け入れ、W杯ではベテランらしい振る舞いでチームをサポートすることになる。

カーンの格下げには、もうひとつ狙いがあっただろう。それはチーム内のヒエラルキーをよりはっきりさせることだ。カーンは２００２年W杯の伝説的な活躍によってチーム内外で存在感が大きくなっており、不必要な権力闘争を引き起こす恐れがあった。

新たに絶対的なキャプテンの座についたのはミハエル・バラックだ。クリンスマンから「カピターノ」（イタリア語でキャプテン）と名付けられたバラックが頂点に立ち、フリンクス、シュナイダー、メッツェルダーが副キャプテンとして支えることになった。

W杯メンバー発表では、サプライズもあった。代表経験がまったくないデビット・オドンコが選出されたのだ。

おそらく専門家の中に、オドンコの選出を予想していた人間は一人もいなかっただろう。だが、クリンスマンとレーヴはオドンコのスピードに目をつけ、15試合以上を視察して招集を決断した。

ただし、メンバー発表は始まりにすぎない。レーヴはチーム内での競争が終わっていないことを強調した。

「全員が必要な選手であることを自覚して、ピッチの上でライバル争いをしてもらいたい。もし全員が自分の限界を越えたら、私たちはW杯で王者になれるはずだ」

W杯直前の最終準備

W杯に向けて、ピッチ外でも悪しき風習を切り捨てていった。

クリンスマンが就任する以前まで、サッカー協会の幹部や招待客がドイツ代表のホテルを自由に出入りしていた。だが、選手たちに静かな環境を与えるために、クリンスマンは幹部や招待客の出入りを禁止した。

そしてW杯に向けた合宿で、再びドイツ代表において初の試みがなされる。サルディーニャ合宿の最初の5日間、選手に家族やパートナーの同伴を許可したのだ。それがモチベーションのアップにつながると考えたからだ。プールやゴーカート場でリフレッシュする時間も作った。

当然これはバカンスではない。毎日コンディション調整のメニューが組まれた。

クリンスマンは選手たちにモットーを伝えた。

「我々はブラジル人のような技術はない。しかしコンディションが整えば、ピッチを縦横無尽に走り回ることができる」

合宿開始前、4つのフィジカルテストが行なわれた。乳酸値、パワー、動き、安定性に関するテストだ。これによって選手個々の強みと弱みがあぶり出された。2年間の取り組みによって、選手の半分にフィジカル面での成長が見られ、半分は現状維持に留まっていた。半分が本気で取り組み、半分はさぼっていたとも言えた。いずれにせよW杯までの2週間で、さらにフィジカル能力を上げなければならないのは同じだった。

ジュネーブから始まった合宿では、レーヴによる戦術レッスンが始まった。バーデン地方訛《なま》りのドイツ語で、相手がボールを持っているときや、自分たちがボールを持っているときなど、状況ごとに規律あるプレーを要求した。そして4-4-2の細かな動き方を確認した。

すでに5章で書いたように、レーヴは守備の安定のために守備時にトップ下を後ろへ下げる決断をした。〝2人の6番〟（ダブルボランチ）を組むのはバラックとフリンクス。敵がボールを持っていたら、2人は横に並んでコンパクトなブロックを作り、自分たちのボールになったらバラックが最適なタイミングで前へ行って攻撃にスイッチを入れる。

ただ、時間は限られており、レーヴが求める緻密な連携をすべて教えるのは不可能だった。まだ4バックの動きも完全ではないのだ。セットプレーの練習も諦めざるを得なかった。それでもシュバインシュタイガーやバラックなら、うまくやってくれるだろうとレーヴは信じていた。

当然、迷いはあったが、「ポジティブシンキング」が万能薬だった。

これに関しては、心理学者のハーマンの存在が大きかった。暗記した短いフレーズを口にすることで自分でモチベーションを高める方法、プレッシャーのかかる状況を切り抜けることで自意識を高める方法を、選手たちにレクチャーした。

たとえば、こんなPK練習が行なわれた。キッカーは蹴る前に、監督とチームメイトたちに「必ず決める」と宣言しなければならない。あくまで練習にすぎないが、実際に口にしたことを実現できると、自信を強めることができる。

開幕戦から得た教訓

テストマッチを終え、6月に入るとついに本番モードになった。

W杯中は、ベルリンの『シュロスホテル』が拠点になる。かつて宮殿だった高級ホテルである。選手たちのために改装され、リラックスするための特別ラウンジも設けられた。

クリンスマンが期待したとおり、ここはポジティブなエネルギーを呼ぶホットスポットになった。ホテルが快適なだけでなく、つねにファンが集まってドイツ代表フィーバーが巻き起こったのだ。選手たちは国全体からの後押しを感じた。

開幕に向けた不安要素は、バラックのケガの状態だった。本人は開幕戦に間に合わせたいと考えていたが、クリンスマンとレーヴの考えは違った。

「ケガを悪化させるリスクを犯したくない。バラックは大会を通して必要な選手だ」

バラックは開幕戦に出場しないことが決まった。

開幕戦の2日前、ドイツのメルケル首相が代表のホテルを表敬訪問した。

そして翌日、スカウト責任者のジーゲンタラーが姿を現わした。

コスタリカの戦術についてはわずかに触れたのみで、ジーゲンタラーは突然DVDを流した。そこに映っていたのは、コスタリカの大地、自然、そして人生を謳歌する人々の姿だった。同時に、苦しみへの抵抗力が弱いことも示された。何を意味しているかは正確にはわからないような内容だったが、のんびりとした国民性は伝わってきた。

6月9日、金曜日の18時、ミュンヘンで開幕戦の笛が鳴った。

ドイツは左サイドのラームのすばらしい独走により1点を先制し、すぐにコスタリカに追いつかれるも、クローゼの2ゴールで3対1にリードを広げた。打ち合いはさらに続き、直後にコスタリカが決めて3対2となるも、フリンクスのゴールによって4対2で初戦を勝利で飾ることができた。

守備は不安定だったものの、ジーゲンタラーは満足していた。

「試合後、選手たちは私の言葉が頭にあったおかげで、2失点しても冷静さを保てたと言ってくれた。選手たちはコスタリカが勢いに乗って反撃するチームではないことをわかっていたんだ。実際、逆に彼らはこちらに隙を与えた」

ドイツとしては、この開幕戦から学ぶことは多かった。

コスタリカのストライカーのワンチョペにDFラインのつなぎ目を狙われて、2ゴールを許してしまった。

これを受けてクリンスマンとレーヴは、ひし形の中盤をやめて、MF4人を横一列に並べるシステムに変更することを決断した。あえて名付ければ「フラット4」。左右で高い位置を取っていたMFを、より守備的にプレーさせるということである。

このシステムにはデメリットがある。DFラインとMFラインが平行に並ぶため守備は密になるが、一人でも切り替えが遅いと穴ができやすい。とくに左右のＭＦには注意深さと運動量が要求された。

強固な守備がチーム力を高める

続くポーランド戦は、ドイツは立ち上がりから圧倒的に攻めつづけた。だが、ポーランドの分厚い守備をなかなか破れない。

そこでクリンスマンとレーヴは、ついに秘密兵器を投入する。64分、右サイドバックのフリードリヒを下げて、サプライズ招集のオドンコを右ＭＦの位置に入れた。さらにポドルスキに代えて、ベテランのノイビルを投入。足の速い2人が入ったことで、ポーランドの守備が崩れはじめた。

まずポーランドのソボレフスキがクローゼへのファールで退場。そこからドイツのシュートがクロスバーに2度当たるも、最大のチャンスがアディショナルタイムに訪れる。シュナイダーのパスにオドンコが飛び出し、右から鋭く中央へパス。走り込んだノイビルが合わせて、ドイツが1対0で勝利した。

この勝利によってドイツのグループリーグ突破が決まり、3試合目のエクアドル戦では再び中盤をひし形に戻して3対0で完勝した。

クリンスマンは自信たっぷりに言った。

「もし私たちが自分の力を出せれば、もはや恐れる相手などいない」

決勝戦の1回戦は、スウェーデンと対戦した。

クリンスマンとレーヴは再びポーランド戦でトライした低い位置にMF4人が横に並ぶ「フラット4」を採用した。ずっとバラックは守備の改善を主張しすぎて煙たがられていたが、結局はそれがシステム変更への後押しとなった。

ドイツは自信がみなぎっていた。テンポが早く、素晴らしいコンビネーションで崩し、ボール支配率は63%を上回った。開始12分までにポドルスキが2点を決め、ドイツは危なげなく2対0で勝利した。

レーヴは初めて試合前に伝えたことのすべてを選手がやってくれたと喜んだ。こうやってチームが機能しはじめた最大の要因は、中盤をフラットにしてバラックが下がったことにあった。それまで孤立しがちだったフリンクスを助け、不安定だったメッツェルダーとメルテザッカーの負担も減った。

レーヴはこう説明した。

「今、ドイツの守備は本当に強固で、DFラインが無防備な状態でいきなり攻められることがなくなった。中盤がひし形のときは、バラックはそこまで早く戻れなかったが、今は中盤の間隔が狭くなった。チーム全体がものすごく規律正しくなっている」

バラックは機を見て攻め上がるため、この小さな戦術の変更に気がつく人はほとんどいなかった。

だが、この変更がドイツのチーム力をさらに高めたのである。

夢を砕かれたイタリア戦

レーヴにとって、準々決勝は感慨深いものになった。対戦相手のアルゼンチンを率いていたのは、あこがれのホセ・ペケルマンだったからだ。

やはりペケルマンが鍛え上げたチームは手強かった。ガウチョたちはボールの位置に応じて賢く振るまい、試合を支配した（アルゼンチンのポゼッションが58％）。そして49分に先制点を決める。

だが、ドイツはそこから伝統の粘り強さを発揮する。80分にクローゼがゴールを決めて追いついた。

延長戦でも決着がつかず、勝負はＰＫ戦に持ち越された。そのときレーマンに、ＧＫコーチのケプケから1枚の紙が手渡された。ジーゲンタラーが統括する「チーム・ケルン」による分析結果で、アルゼンチンたちのキッカーの傾向が詳しく書かれていた。

データの助けを得たレーマンは、アルゼンチンのＰＫを2度もセーブして、ドイツに勝利をもたらした。

レーヴは興奮しながら言った。

「この歓喜と感動は、サッカー人生で味わったことのないようなものだった」

ただし、試合後の不必要な騒動で、歓喜に水がさされてしまう。両チームの選手がもみ合いになり、フリンクスがアルゼンチンの選手の顔を叩いてしまったのだ。のちにテレビ映像でそれが確認され、準決勝のイタリア戦は出場停止になってしまった。

やはりフリンクスの不在はあまりにも痛かった。

イタリア戦におけるポゼッションは43％に落ち、シュート数はイタリアの10本に対してわずか2本のみ。ドイツは何とか90分間は持ちこたえたが、延長後半の終了間際に力つきてしまう。119分にデルピエロのパスがドイツの守備を切り裂き、グロッソが1点をもぎ取った。さらに終了直前、デルピエロが追加点を決めた。0対2。優勝の夢は砕け散った。

グロッソのゴールに、レーヴは打ちのめされた。

「ボールがネットをゆらした瞬間、まるで血が凍りついたかのようだった。デルピエロからのパスコースを消さなければならなかった」

残り時間がわずかだっただけに、守備を固めるという選択肢もあったが、クリンスマンとレーヴはそれを指示しなかった。

「PK戦になればドイツに分があったかもしれない。しかしいち早く試合を決めたいという攻撃的なメンタリティを私たちは持っていた」

それから数カ月、レーヴはこの試合の映像を何度も見返した。とくに失点のシーンを。

「なぜ試合の流れを引き寄せられなかったのか？　なぜイタリアにミスを強いることができなかっ

2006年W杯ドイツ大会、ポルトガル戦(3位決定戦)でのシュバインシュタイガー。

たのか？　自分たちの限界にぶち当たった。流れを変えるための解決策を見つけられなかった」

ドイツサッカーを進化させたクリンスマン

ただし、大会の最後にはハッピーエンドが待っていた。

3位決定戦のポルトガル戦は余裕を持って3対1で勝利し、大会後にベルリンのブランデンブルク門に舞台を作って盛大なパーティーが開催された。

レーヴはこう大会を振り返った。

「サッカーはときに狂気の一歩手前まで行く。ポーランド戦では93分に決勝点が決まり、アルゼンチン戦ではPK戦で勝利を味わった。そしてイタリア戦では119分に心を引き裂かれた。言葉にできない感情だ。あの失点をどう回避すれば良かったのかまったくわからない。心の整理は簡単にはできない」

しかし、ドイツ代表はプレーによって人々を感動させたことは間違いなかった。

「ファンと一緒に作り上げた大会だった。ドイツ代表の攻撃的なプレースタイルと、フレンドリーなお祭りのようなW杯によって、ドイツのポジティブなイメージを世界に発信できた」

クリンスマンも自分たちが成しとげたことに誇りを持っていた。

「ドイツには多国籍で他言語の文化があることを世界に示したかった。このW杯によって、新しいドイツのイメージを広められたと思う」

ドイツサッカー協会のツバンツィガー会長もチームに賛辞を贈った。

「サッカーがすばらしい力を持つことをW杯が証明した。いろんな文化を持つ人々が、一緒にサッカーの祭典を祝ったんだ。トルコ人たちが自分たちの飲食店で、ドイツの国旗を掲げてくれた。境界線がなくなっていた」


大会後、南ドイツ新聞でクリンスマンは、自分はプロジェクトリーダーのような監督だったと語った。多くの専門家を集めて、それを束ねたからだ。

「自分の任務は、スタッフの強みを引き出すことだ。ここには20人から25人のスタッフがいる。ドクター、メンタルトレーナー、フィットネス関係のスタッフ。すべて彼らのおかげだ」

クリンスマンはただの監督ではなく、発想を与え、計画を立案する今までにない指揮官だった。

クリンスマンの特別な能力は、自らのモチベーションを他の人へ伝達すること、とビアホフは言う。

「彼はときどきアイディアを箱の中に投げ込んでおき、誰かが実行するのを待っていた」

当然、それを担ったのが戦術のエキスパートであるレーヴだ。

情熱的な改革者のクリンスマンなしに、2006年W杯の成功はなかった。ただし、緻密な仕事を実行するレーヴなしでも、これほどのドイツサッカーの進化はなし得なかっただろう。

W杯期間中、ドイツ人の著名な映画監督であるゼンケ・ボルトマンが、ドイツ代表に密着してカ

地元開催のドイツ大会は結局3位に終わる。しかし、ドイツ代表はプレーによって人々を感動させた。監督をはじめチーム全員が、自分たちが成しとげたことに誇りを持っていた。

メラを回していた。試合中のロッカールームまで入って撮影した渾身の作品だ。そして大会後、『ドイツ、夏のおとぎ話』というタイトルで映画化された。

この作品によって、いつでも人々はあの夏に帰ることができる。

第7章

完璧な代表監督への道のり

ドイツが自国開催のW杯で大躍進する最中、ドイツサッカー協会のツバンツィガー会長はそれを喜ぶ反面、次期監督について頭を悩ませていた。クリンスマンを続投させたかったが、このアメリカ在住の監督はチームを去ることをにおわせていたからだ。

「ヨギは私の後継者として任務を引き継げる。まったく問題ない」

クリンスマンはそう言って、レーヴに監督の座を譲ることをほのめかしていた。

だが、ドイツサッカー協会は選手として代表経験がない人物に、ドイツ代表の監督を任せることに不安を覚えていた。ドイツ代表の歴史上、選手として代表経験がない監督はオットー・ネルツとエリッヒ・リベックの2人しかいなかった。

ビアホフが推薦しても、協会から芳しくない反応が返ってきた。

「私が推しても、協会は懐疑的だった。彼らはベッケンバウアー、フェラー、クリンスマンといったビッグネームに慣れていたからだ」

レーヴ自身も、強烈な個性を持った監督の下でナンバー2として続けるのがいいともらしていたくらいだ。

クリンスマン哲学の継承者

ただし、協会が煮え切らない中、選手たちのほうが先に、レーヴが監督になることをリアルに想像しはじめていた。

先駆けて行動を起こしたのはGKレーマンだ。

W杯の3位決定戦後、ツバンツィガー会長に歩み寄って、クリンスマンが契約を延長しない場合は、レーヴを監督にするのがベストだと告げた。

予想どおり、クリンスマンは契約を延長しなかった。

7月11日、クリンスマンは燃え尽きたと感じていると明かし、家族が住むカリフォルニアに戻ると発表した。そしてあらためてレーヴを次期監督に推薦した。

それを受けて、シュツットガルトにおいて、クリンスマン、レーヴ、ビアホフ、ツバンツィガー会長、ニールスバッハ専務理事が集まって、緊急会談が行なわれた。

その結果、レーヴの監督就任が正式に決まり、ユーロ2008までの2年間の契約が結ばれた。年俸は推測で200万ユーロ。クリンスマンより150万ユーロ安い額だが、実績と知名度を考えれば仕方がない。

クリンスマン時代のコンセプトを継続することも契約書に盛り込まれた。

２００６年7月12日水曜日、史上10人目のドイツ代表監督がフランクフルトにあるドイツサッカー協会で就任会見を行なった。

最初にクリンスマンがいつもどおり情熱的に話しはじめた。レーヴの昇進をとても喜んでいる、フィロソフィーを継続させるために理にかなった選択だ、と語った。

そして2年間、レーヴにトレーニングの設計と戦術を任せていたことをあらためて強調した。

「私自身はスーパーバイザーとして、うまくいっているかを見ている役目だった。実務は彼がこなしていた」

会長らが話しているとき、レーヴは無言で座っていた。そして最後に、ゆっくりと慎重に、前任者の意志を引き継ぐことを宣言した。

「私たちはワールドカップ王者になりたい。まずはヨーロッパ王者になることを目指す」

これに合わせて、ＧＫトレーナーのケプケ、フィットネストレーナーのヴァーステーゲン、チーフスカウトのジーゲンターラー、心理学者のハーマンも引き続きドイツ代表に携わることが発表された。いなくなったのはクリンスマンだけである。

ジャーナリストたちは、2年前にレーヴがコーチに抜擢されたときと同じように、今度は監督としての力量を測りかねていた。

インテリジェンスに溢れ、素晴らしい分析者であり、表現力が豊かなことは間違いなかった。だが、はたして監督としての器はどうだろうか。世間はレーヴに対して大人しい印象を抱いていた。はたして信頼を勝ち取ることができるのだろうか。

記者たちにとって、レーヴは「ミックスゾーンのお気に入り」だった。クリンスマンとは違って、カメラの前に立つことを厭《いと》わず、いつでも愛想よく質問に答えた。

ただ、つかみ所がない人物でもあった。南ドイツ新聞は「ドイツ代表史上、初めて思想家が指導する」と書いた。

やはりメディアが問題視したのは、監督としての威厳だった。

『ツァイト』紙はこう書いた。

「レーヴ自身も組織運営をするうえで、やさしすぎることを自覚している。大人しすぎて、恥ずかしがり屋で、カリスマ性に乏しい」

記者会見では、シュツットガルトの監督に昇格したときと同じ質問が飛んだ。

選手たちは、あなたをヨギと呼び捨てにしているのでは？

「いや、監督と言っている」

クリンスマンは情熱的なモチベーターだった。その代わりが務まるのか？

「私はすでにクラブを率いていたとき、選手たちのモチベーションを上げなければならなかった」

クリンスマンの影を恐れている?

「私は我が道をいく。誰の真似もしない」

ドイツW杯の成功で期待が高まっている。重圧に打ち勝てるのか?

「あのレベルを維持することは簡単なことではない。しかし可能だ」

クリンスマンのように感情を爆発させるのか。

「喜びのジャンプは、クリンスマンの十八番だ」

あなたは何を誰から学んだのでしょうか?

クリンスマン、ハインケス、ダウムの名前をあげて、レーヴはこう答えた。

「多くの監督からいろいろなことを学んだが、最終的に判断を下すのは私自身だ」

〝やさしすぎる〟というレッテルを乗り越えて、真の監督になれるのか。再びレーヴは自らの力を証明することが求められた。

新たなアシスタントコーチ

レーヴの初采配は、8月16日のスウェーデンとの親善試合だった。

「ピッチを支配しよう」

新監督の言葉に応えて、ドイツは3対0で勝利した。

2006年8月、スウェーデンとの親善試合。レーヴ監督の初采配だったが、試合は3対0で勝利した。

その1週間後、ドイツ代表の新しいコーチが発表された。

ハンジ・フリック、41歳。レーヴと同じくドイツ代表経験がなく、バイエルンでプレーした経験はあったが、やはり有名な人物ではなかった。

レーヴは抜擢の理由をこう語った。

「フリックはフレッシュなアイディアを持っていて、さらにそれを実現する実行力がある。きっと代表に新しい風を吹き込んでくれるはずだ」

2人が初めて出会ったのは、1985年夏のことだ。

当時20歳のフリックは4部のザントハウゼンからバイエルンに移籍した。その後釜としてザントハウゼンが獲得したのが、レーヴの弟のマルクスだった。

弟の紹介によって、レーヴとフリックは顔を合わせた。ただし、レーヴがあまりにも大人しかったためか、のちにフリックはこのときのことをあまり覚えていないと明かしている。

そこから2人は、約20年間も会うことなく、それぞれの道を歩んで行く。

フリックは引退後にバメンタールというチームの監督になり、2000年に4部のホッフェンハイムの監督の座を引き継いだ。

3部に順調に昇格させたものの、2部の壁は越えられず、オーナーであるディトマール・ホップの期待にそぐえずに2005年11月に解任されてしまう（後任のラングニックが結局ホッフェンハイムを

1部まで昇格させた)。

その後、レッドブル・ザルツブルクからオファーを受け、トラパットーニ監督とマテウス・ヘッドコーチの下でアシスタントコーチを務めていたが、2006年W杯後、突然レーヴから代表コーチへの誘いを受け、一気に階段を駆け上がった。

いったいどこで2人は再会したのか？

きっかけを作ったのは、ホッフェンハイムのオーナーのホップだ。この大富豪はクリンスマンと親交があり、自分のクラブへのアドバイスを求めて、2004年にクリンスマンとレーヴをホッフェンハイムに招待した。当然、監督であるフリックもそこに呼ばれ、2人は再会を果たすことになる。なかなか印象深い再会だった。

オーナーのホップが、こんな大胆な紹介をしたからである。

「今この場所に、現在の代表監督と、未来の代表監督がいます」

ホップにとって未来の代表監督とは、フリックのことだった。それだけこのオーナーは評価していたのだ。

一般的には有名ではなかったが、専門家の間ではフリックは現代サッカーの担い手として知られていた。舞台は3部だったものの、攻撃的で、コンビネーションに溢れ、4バックで全体を押し上げてプレスをかけるサッカーを展開していた。

フィジカルトレーニングに関しても、クリンスマンが代表監督に就任する前からゴムバンドを使ったメニューを導入していた。

フリックにとって大きかったのは現役最後のクラブのケルンで、デンマークの名将モルテン・オルセン監督に出会ったことだ。監督業のおもしろさに目覚め、当時アヤックスを率いていたルイ・ファンハールをお手本にした。4バックの練習では、ファンハールのように動き方のガイドブックを選手に手渡したこともある。

フリックはデータ分析にも精通しており、性格も控え目。レーヴの右腕に最適の人物だった。

クリンスマンの影武者以上の存在へ

レーヴは好スタートを切った。

ユーロ予選でアイルランドに1対0、サンマリノに13対0、スロバキアに4対1に勝利し、親善試合も合わせると5連勝。23ゴール1失点という圧倒的な数字を叩き出した。ドイツ代表史上、最高のスタートである。

レーヴへのネガティブな見方はほぼ消えていた。早くも南ドイツ新聞は「クリンスマンの影武者以上の存在」と評価した。

レーヴはコーチを2年間やった経験が生きていることを実感していた。クラブでは短期的な結果を直視せざるをえなかったが、代表では長期的に仕事に取りかかることができた。

「短期的なプレッシャーはなくなった。おかげで傾向やトレンドを分析できた。翌週の相手の左サイドだけを追いかける必要はなくなったんだよ」

11月15日、キプロス戦の前日、首都ニコシアでささやかなメディアパーティーが開催された。ビールと軽食が用意され、リラックスした雰囲気の中、レーヴは記者たちの質問に応じた。

「これほどうまくクリンスマンの改革を継承するとは想像もできなかった」

『フランクフルター・アルゲマイネ』紙はそう綴《つづ》った。


キプロスの粘り強さに手こずって1対1で引き分けてしまったが、すぐにクリスマスが訪れて静けさに包まれた。

レーヴはやっと休養を取ることができた。ドイツW杯からの数カ月、どれほど濃い時間を過ごしてきたか。自国開催のW杯の計り知れない重圧、代表監督への昇格、そして油断できないユーロ予選。すべてがハードだった。

「一度も気を緩めることはできなかった」

レーヴはそう告白した。

冬休みを利用して、レーヴはあらためてW杯の録画を見た。ようやく何が起きていたかを理解することができた

「国中が応援してくれていた。会場がファンで埋め尽くされ、ホテルのまわりも取り囲まれていた。夢のような出来事だった」

スカウティングの勝利

ユーロ予選における最大のライバルはチェコだった。

そのチェコとのアウェーでの対戦が、3月24日に訪れた。相手にはロシツキ、コラー、バロシュといったスター選手がいた。レーヴ体制の最初の山場だ。

ドイツはレーヴの指示どおりプレーし、2対1で勝利することができた。

この試合であらためてわかったのは、スカウティングの有効性だった。

レーヴは言う。

「相手の特徴を、選手たちにはっきり伝えるのが私の重要な仕事のひとつだ。まず直近の試合をもう一度DVDで見直してチェックする。気になる場面は何度も巻き戻して、自分たちがどう利用できるかを考えてメモに書き出す」

次にフリックと2人でビデオ分析を行ない、最後に現場で試合を観たジーゲンタラーの意見を聞く。レーヴは言う。

「これだけのプロセスを経るから、解決策を見出すのに数日がかかるんだよ」

スカウト責任者のジーゲンタラーは、すぐにチェコ戦における鍵を見つけ出した。チェコの攻撃では、長身ストライカーのヤン・コラーがターゲット役になっていた。

ジーゲンタラーはこう提案した。

「ドイツはコラーをマークしてはいけない。なぜかというと彼は相手を背負ってボールをキープすることに慣れている。そしてファールされて、FKを得ようとする。だから彼を放っておけばいい。相手との接触がないと、コラーは居心地の悪さを感じるはずだ」

さらにチェコの選手たちがセカンドボールをどう拾っているかを示すDVDを作り、ボランチを組むバラックとフリンクスに渡した。DF陣にはコラー、ロシツキ、バロシュの三角形の封じ方を伝え、FWとMFにはチェコを崩すために最適な攻撃のコースを示した。

レーヴが嬉しかったのは得点シーンよりも、選手たちがワンタッチでパスをまわして相手を翻弄したことだ。

『ツァイト』紙は詩的にこう表現した。

「見えないマグネットで引っ張られているかのように、突然ボールが列の中を循環しはじめた。緻密で、信頼にあふれ、時計のように。遠隔操作されたように選手たちは交差し、ピッチを横切った。

そしてワンタッチでパスをつなぐ。これは専門家の間でワンタッチ・フットボールと呼ばれるスタイルだ」

たとえその流れからゴールが生まれなくても、レーヴはオートマティズムに満足した。緻密な仕事が魔法をかけられたかのように突如としてピッチで描かれる。レーヴのような戦術職人にとって、至高の幸せだった。

代表監督としての風格

2007年3月28日のデンマークとの親善試合で、レーヴは初めて負けを喫した。ただ、この試合は6人が代表デビューを飾っており、仕方のないものだ。

8月にはアウェーでイングランドに2対1で勝利した。ケガ人続出でボランチが不足したが、戦術に優れるラームをそのポジションに起用することで新たな手応えを得た。

10月13日のアウェーのアイルランド戦で引き分け、想像以上に早くユーロ予選の突破が確定した。だが、そこで気が緩んだことで、4日後のミュンヘンでのチェコ戦を0対3で落としてしまう。レーヴにとって初の公式戦の敗戦だ。この結果、ドイツはチェコを追い抜かすことができず、2位で予選を終えることになる。

とはいえ、とくに危なげなく予選を突破しており、まずまずの結果であることは間違いなかった。

アシスタントコーチ時代からの「ミスターフレンドリー」という不愉快なイメージをいつの間にか払拭していた。レーヴは代表監督が身につけるべきオーラを漂わせはじめた。

何よりレーヴにとって大きかったのは、監督としての力を証明できたことだった。

レーヴはすでにコーチ時代から戦術を選手たちに伝える役目を担っており、監督になってもやるべきことはほとんど変わらなかった。唯一変わったのが、責任者として会見に臨むことだった。ただし、しだいにクリンスマンと比較されることにも慣れていった。

大人しかったアシスタントコーチは、ドイツ代表のスター監督へと変貌したのだ。レーヴは「ミスター・フレンドリー」という不愉快なイメージをいつの間にか払拭していた。

相変わらず対応は丁寧だが、軟弱すぎない。自信のマスクの下に不安を隠している可能性はあったが、表向きは自然体でいた。

レーヴは代表監督が身につけるべきオーラを漂わせはじめた。


それはイメージ作りの成果もあるだろう。

シュピーゲル誌のインタビューでレーヴは、めったに興奮することはないと答えた。たとえば2006年W杯のアルゼンチン戦のPKのときでさえ、「心拍数は60だった」(通常の心拍数)と語った。映像を見返すと、PK戦のときに口をきつく閉じて、とても心拍数が上がってないようには見えない。だが実際のところは誰もわからないのだ。レーヴはさりげなく、クールなイメージを作り上げる戦略を実行していた。

ユーロ２００８に向けた記者会見でも、重苦しい雰囲気の中、レーヴは落ち着いて質問に答えた。大会が近づくほどによく眠れるだろうと豪語するくらいに。

「正直に言えば、大会に出る喜びのほうが緊張よりも大きいんだ。私にとって初のビッグトーナメントだからね」

しかしクールさだけでユーロ王者になることができるのだろうか？

「私がクールかどうかはわからない。ただ、それがダイナミックさや、やり通す力のことであるとしたら、そうだと言える」

ところが、まだクリンスマンの幻影は完全には吹っ切れていなかった。

大舞台を前にして、再びレーヴはクリンスマンと比較されはじめてしまう。『ツァイト』紙は、試合がうまくいかないときに、レーヴがクリンスマンのように選手たちを鼓舞できるかを心配した。『ツァイト』紙の記者は、ロッカールームでどんなスピーチをしているのか教えてほしいと質問した。

レーヴは実例をあげた。

「何をできるのか、答えはお前の中にある。私はそれが見たい。お前の中にある獣を解き放て」

はたして、そんな方法で獣を呼び起こすことができるのか。

すべてはピッチで明らかになる。

■レーヴのクールなスタイル

レーヴはクールで、とらえどころがない。いったい何に駆り立てられ、何に喜ぶのだろう?

星座は水瓶座で、趣味は旅行と読書。音楽の好みはそのつど変わっており、ホイットニー・ヒューストン、セリーヌ・ディオン、ライトハウス・ファミリー、エイミー・マクドナルド、ウド・ユルゲンス、ヘルベルト・グローネンマイヤー、ハビエル・ナイド(2006年W杯のとき、ドイツ代表の控え室でナイドの曲が流されていた)、ラテンアメリカの音楽を場面によって聴き分けている。

好きな色は青で、好きな俳優はジャック・ニコルソン。女優としては、シュツットガルトの監督時代にデミ・ムーア、2014年にカロリーネ・ヘルフルトの名をあげた。

好きな食べ物はトルコ料理の前菜。好きな飲み物はミネラル・ウォーター、イタリアの赤ワインだ。苦手なのは、電気機器の扱いである。

■愛煙家

喫煙はレーヴの悪い癖だ。

大きなイメージダウンになったのは、クリンスマン監督の後継者として話題になった2006年7月の『ビルト』紙の報道だ。ドイツW杯後、サルディーニャ島でバカンス中、上半身裸にアーミー柄のベースボールキャップをかぶったレーヴが、タバコをくわえている写真が掲載された。まるでロックスターのような佇まいだ。

レーヴは愛煙家として知られている。昼食後に2杯のエスプレッソを飲み、マルボロゴールド、もしくはライトを吸う。

夕食のときはグラスで赤ワインを1杯（お気に入りはイタリアのティニャネロまたはスペインのリオハ地方のもの）、そしてタバコ。

記者会見や厳しい結果のときは、エスプレッソを飲み、チョコレートやアイスといった甘いものを口にし、そのあとドアの前でタバコを1本。

いろんな場面で彼は吸いたい衝動にかられる。そんなときは丁寧に一言断ってからたしなむ。

「私だって人間である。長所も短所もある。タバコを吸うし、夜には赤ワインを飲む。ただ公の場やチーム内では、情熱的な楽天家で野心があり、同時に謙虚である人間でありたい」

レーヴは選手の喫煙も、あまり問題視していない。2006年W杯の中心選手のベルント・シュナイダーがときどきマルボロを吸っているのを知っていたが、「それがプレーに悪い影響を及ぼしていなかった」とレーヴはコメントしている。

またユーロ2008では、オーストリア戦で退席処分になり、決勝トーナメント1回戦のポルトガル戦でベンチ入りできなかったときは、スタジアムのVIP席でタバコを吸っている姿がTVで流れ、ややスキャンダルに報じられた。

ただしレーヴは、健康にはうるさい。食事では肉を控え、野菜やくだものを積極的に食す。毎日、1時間ジョギングするか、他のスポーツで汗を流すのを日課にしている。そして，ついに2010

年W杯後、禁煙を決意した。

■ 洗練されたライフスタイル

ドイツ代表監督の職を引き継いだとき、レーヴは50歳だったが、容姿は年齢以上に若く見えた。髪を染めたことはなく量も多いことから、一時はカツラの噂まで立ったほどだ。

レーヴはケアを怠らない。無精髭を好まず、毎日ヒゲを剃っている。乾燥肌なので、クリームもしっかり塗っている。香水も大好きで、愛用しているのはラガーフェルドかアルマーニだ。最初に広告契約を結んだのも、ファッション関係だった。1988年フライブルクでプレーしているとき、街の洋服店『ボレラー』の写真撮影に応じた。報酬はお金ではなく、真新しい服だった。

2006年W杯のときは、クリンスマン監督とともに、ドイツ代表のスポンサーである『ストラネス』の細身の白いシャツを身につけた。その洗練された2人の着こなしは大きな話題になった。おそろいのシャツを着るのを提案したのはレーヴだ。クリンスマンはファッションに無関心だったが、レーヴがイメージの大切さを説いたのだ。

「選手が同じユニフォームを着ているように、コーチングスタッフにも統一感を持たせたかったんだ。自分が監督になってからも、このコンセプトは変わらない」

レーヴの白シャツは定番となり、ユーロ2008のときは大ヒット商品になった。2010年W杯では、ネオンブルーのVネックのニットがトレードマークになった。

クリンスマンと違ってレーヴはファッションに気をつかった。2010年のW杯ではネオンブルーのVネックのニットがトレードマークとなった。

プライベートではシャツに、ルイヴィトンのジーンズを合わせることが多い。冬はタートルネックセーターがシンボルマークだ。スカーフやマフラーも好きなアイテムのひとつだ。

「湿度や天気の変化に敏感なんだ。寒いと肩が凝ってしまう」というのが理由である。

■ エクストリームスポーツを好む

レーヴの趣味のひとつはランニングだ。

2005年4月、フライブルクのハーフマラソンに出場して、2時間7分で完走した。夏にはマウンテンバイクで地元のシュバルツバルト（黒い森）を駆け巡る。

2003年には、友人たちとともに6000メートル級のキリマンジャロに挑戦した。

「登るのに5日間以上かかる。最後の夜は身体的にも、精神的にも限界が訪れた。私たちは日中に12時間歩き続け、最後はマイナス30度の氷と岩だらけの真っ暗な中を進んだ。もう無理だと諦めかけたとき、日が昇った。目の前に山頂があった。人間はすべてのことを成しとげられる、そんな幸福感に包まれた」

レーヴは「リスクが好きだ」と言う。カジノへ行き、ハンドルを握ればつい飛ばし過ぎ、すでに2回免停になった。

空への興味もあり、「子供の頃の夢はパイロットだった」。

「空にいると、自由を感じられるんだ。ヘリコプター、パラグライダー、軽量小型機（ウルトラライトプレーン）など、何でも試した」

また元体操世界王者のギーンガーとスカイダイビングも計画していたが、残念ながら天候が悪く中止になってしまった。

レーヴはまた挑戦すると誓っている。

第8章

山頂を目指す旅

代表監督の就任会見において、レーヴはユーロで優勝を目指すと宣言していた。だが大会が迫って来ると、より慎重な態度を取るようになる。

「タイトルは約束できない。だが、ヨーロッパで一番の準備をしたつもりだ」

とはいえ、冗談を言う余裕は失っていなかった。ドイツ国営放送ZDFの人気スポーツ番組にスタジオ出演すると、レーヴはニヤリと笑った。

「私たちはまず6試合に勝利することを目指している。そうしたら、次に何が待ち構えているかをじっくりと見ようじゃないか」

ユーロは16カ国による大会で、6試合目は決勝だ。つまり6試合に勝ったら優勝ということである。スタジオの何人かはこのジョークに気がつき、小さな笑いが起こった。

失敗したら職を失うという不安を、レーヴは頭から振り払った。

「これで先入観なく大会に臨める。たとえ批判されたり、1試合に負けても、自分の監督としての能力に疑いはない。追い求めてきたフィロソフィーを信じている」

ファンもレーヴを信頼していた。ZDFがアンケートを実施すると、76％がレーヴの取り組みを「良い」もしくは「とても良い」と回答した。

新戦力の発掘も進んでいた。

レーヴは1年目に、35名の選手を招集した。これはフェラーやクリンスマンよりも多い人数である。

「私たちは1年前よりも選手層が厚くなっている」

たとえばシュツットガルトのタスキとケディラ、レバークーゼンのカストロが成長を見せた。ほかにもトロホフスキ、ロルフェス、キースリング、ゴメスなどの若手が力をつけ、選択肢は大きく広がった。

とはいえ、やはりレーヴが信頼するのは、レーマン、メッツェルダー、フリードリヒ、フリンクスといった実績がある選手だ。彼らが所属クラブで出番が減っていようと、コンディションに不安があろうと、メンバーからはずすことは考えなかった。バイエルンで安定さを失っていたシュバインシュタイガー、ポドルスキ、クローゼもそうである。

選考基準は2006年と同じだ。選手としての能力に加えて、パーソナリティーを重視するということである。トーナメントでは、逆境に陥ってもそこから盛り返すことができる気持ちの強さが鍵になる。

ドイツ最高峰の山でのメンバー発表

ユーロがアルプス山脈を擁するオーストリアとスイスで開催されることを受けて、ドイツはメンバー発表に趣向をこらすことにした。

大会を登山に見立て、ユーロへの挑戦を「山岳ツアー」と名付けたのだ。そしてドイツでもっとも高い2962メートルのツークシュピッツェ山で、メンバー発表を行なった。

メンタルトレーナーのハーマンは、ネーミングにこんな意味を込めた。

「トーナメントは登山と同じで、厳しい壁や悪天候が待ち受けるだろう。大事なのは、全員で山頂に立つという目標を共有することだ」

レーヴはこう強調した。

「ユーロ史上、もっとも困難な大会になることが予想されるが、強く望めば、必ず困難は乗り越えることができる」

ビアホフが手がけたキャンペーンは、手の込んだものだった。代表選手たちに伝統的なチロルの衣装を着せて、登山をする映像を作成した。新聞の一面を独占し、マーケティング戦略は完璧と言ってよかった。

2008年5月16日、レーヴはツークシュピッツェ山のパノラマラウンジにおいて、26名の暫定メンバーを発表した。本大会に登録できるのは23人だが、コーチたちの推薦を受けて3人を追加することにした。

これに先駆け、レーヴは落選した選手たちのケアを忘れなかった。当落線上の選手たちには、あらかじめ何時から何時までは携帯電話が通じるようにしてほしいと通達した。留守番電話で落選を知ることがないようにするためだ。

発表は、驚きの少ないものになった。

2006年W杯メンバーのうち15人が、ユーロでも選出された。当落線上にいたノイビル、ポドルスキ、オドンコも入った。

新たに加わったのはフリッツ、ロルフェス、ゴメス、ベスターマン、トロホフスキ、ジョーンズ、マリン、ヘルメスらと、2006年W杯で落選して涙をのんだクラーニだ。

若手の抜擢が少なかったことを、『tz』紙は勇気がない選考だと揶揄した。ただし、レーヴにとってはユーロという神経の消耗戦において、若手が持ちこたえられるか確信を持てなかったのだ。ベストコンディションではなかったとしても、経験のある選手をメインにした。

26人を選んだため、さらに3人を落とさなければならない。そこでもポイントになったのは経験だ。5月19日に始まったマジョルカ合宿を経て、ジョーンズ、マリン、ヘルメスがドイツに帰国することが決まった。

3人にはつらい出来事だが、監督には感情に打ち勝って決断する義務があった。

「同情は何も生み出さない。もっとも大切なのは結果だ」

ユーロ2008大会開幕前夜

マジョルカ合宿を終えると、ユーロ期間中に拠点とするスイス南部のアスコナのホテル『アラベラ・シェラトン・ゴルフ・ホテル・ソン・ビダ』に移った。

最初の4日間は、家族や恋人を呼ぶことが許された。このリフレッシュ期間は、もはや大会前の恒例行事といえた。毎日コーチのフリックがアイディアを凝らして、練習に気分転換のメニューが組み込まれた。

レーヴは環境にとことんこだわった。

選手が安眠できるように、個々の好みに応じて硬さを調節した特注のマットレスをドイツから空輸させた。ロビーに大画面のモニターを設置し、卓球台や卓上サッカーゲームも用意した。

練習はほぼ非公開で行なわれた。メディアやファンから不満の声もあがったが、レーヴは気にしなかった。

「我々の任務は大会でファンを満足させることで、練習で楽しませることではない」

体調管理にも抜かりがない。心拍数を測る器具だけでなく、『スピロ・タイガー』という息を吹き込んで呼吸筋（呼吸するときに使う筋肉）を鍛える器具も導入した。

そして満を持して、戦術トレーニングに着手した。攻守における連動性を高め、攻撃でどのコースに走るべきかを確認した。

ユーロがW杯と異なるのは、グループステージから強い相手と対戦することだ。

練習において、あえてネガティブな状況を想定したメニューを用意した。リードを許したときや退場者が出たときにパニックにならないようにするためだ。各状況に応じて、どう振る舞うかの緊急プランを教え込んだ。あらゆる偶発的な状況に対して、レーヴは答えを与えておきたかったのである。

レーヴは言う。

「夜にベッドに入ると、自分に問いかけていた。まだ何かやり残していることがあるんじゃないかと。四六時中、大会のことを考えていた」

ただし、ときには気分転換も必要だろう。マジョルカでは7時に起きてジムのバイクマシンで汗を流し、アスコナではスタッフとサッカー、ランニング、サイクリングを楽しんだ。

モットーは頭を空っぽにして切り替えること。レーヴは大会中にベッドで読書するために2、3冊の本を持参した。歴史物、そしてブラジルの小説家パウロ・コエーリョの本だった。

グループステージ敗退の危機

オーストリアのクラーゲンフルトで迎えたポーランドとの初戦、レーヴは緊張した表情を見せていた。シュバインシュタイガーが先発落ちし、左MFのポジションには練習でいいプレーを見せていたポドルスキが起用された。2トップはクローゼとゴメスが組んだ。

そのポドルスキが、監督の期待に応える。20分に先制点を決めて監督を安堵させ、さらに73分にだめ押し点を叩き込んだ。レーヴはまるで羽があるかのように飛び上がった。

「受け身ではなく、自分たちがアクションを仕掛けるサッカーをやるんだ」

この試合前のレーヴの言葉どおりのプレーを見せ、ポーランドを圧倒して2対0で勝利した。

ところが、同じくクラーゲンフルトで行なわれたクロアチアの2戦目で、レーヴは崖っぷちに追い込まれてしまう。

24分にクロアチアに先制を許し、さらに63分に追加点を決められてしまった。レーヴは明らかに狼狽し、しゃがんで靴ひもを結び直した。

ようやく79分にポドルスキが1点を返して追い上げムードが高まり、82分にクラーニを投入して反撃したが、クロアチアの堅い守備を崩せない。悪いことに、終了間際には途中出場のシュバインシュタイガーが退場してしまった。

ドイツは1対2で敗れ、グループステージで敗退する可能性が出てきてしまった。

試合後、レーヴは課題を口にせざるをえなかった。

「ピッチの上でのコミュニケーションは改善の余地があった。それぞれ自分のことで精一杯だった。FW、MF、DFのラインが分断されてしまい、連携が見られなかった」

のちにラームは本を出版し、このときの混乱をこう説明した。

「ピッチ上は混乱と愚痴で溢れていた。プレーの助けとなる秩序に欠けていた」

この言葉はリーダーのバラックとフリンクスに向けられたものだ。2人は若手を叱り飛ばして、雰囲気を悪くしていた。

レーヴは自分のミスも認めなければならなかった。後半から左サイドバックのヤンセンに代えてオドンコを入れたが、この快速ウィンガーが生きるのはカ

オーストリアで開催されたユーロ2008での対クロアチア戦。ポドルスキが1点を返したものの、1対2で敗れた。

ウンターのときだ。リードした相手はＤＦラインを下げ、カウンターで利用できるようなスペースはほとんどなかった。

クロアチア戦の翌日に、選手の家族や恋人が合宿地を訪れた。選手たちは落ち込んだ気持ちを癒すことができた。

だが、ひとりだけ不機嫌な選手がいた。キャプテンのバラックである。

すでに試合の途中から、バラックは何人かの選手に不満を募らせていた。一方、若い選手たちの中にも、傲慢なキャプテンに対して反発心が生まれはじめていた。

レーヴもチームワークの乱れに気がついていた。

「みんながバラックに対してイライラしていると感じた」

この問題を解決するために、バラックとレーマンを呼んで告げた。

「選手間で解決するために、選手だけでミーティングをしてほしい。互いに嫉妬せず、思いを吐き出してくれ」

のちにラームが明かしたところによれば、話し合いはまとまらなかったという。多くの選手が他者への反感を隠さなかったが、本音を吐き出すまでには至らなかった。だが、第３戦のオーストリア戦に勝たなければならないという認識は、全員で共有することができた。

レーヴは退場になったシュバインシュタイガーと面談を行なった。そして困難を切り抜けるためのヒントを探すために、代理人のハルン・アルスランとローランド・アイテルと会った。

監督エリアでのレッドカード

ウィーンで行なわれる3戦目のオーストリア戦は、最低でも引き分けないとグループステージで敗退してしまう。解任の文字がレーヴの頭をよぎった。

だが、もうやるしかない。朝起きてレーヴはつぶやいた。

「オーケー。悩みを抱えてウィーンに行っても仕方がない。もはや内容は関係ない。絶対に勝つ」

ドイツサッカー協会のツバンツィガー会長も「何が起きても、レーヴは続投する」と後押しした。

レーヴは会見で批判にさらされながらも、堂々とした姿を見せた。

「試合前から負けたらどうするかと考えるのは、運転する前から事故にあったら、どの病院に行こうかと考えるのと同じだ。人は逆境に陥ると、驚くほど強くなる」

むしろレーヴは重圧を楽しんでいるようだった。

「サッカーで、ときにこういう極限状態が訪れる。責任やプレッシャーを味わえることも、監督の醍醐味《だいごみ》のひとつだ」

レーヴはプライベートでも挑戦が好きで、キリマンジャロを踏破した経験があり、パラグライダーも操縦できる。

「私はリスクを恐れたりしない。限界まで挑戦するチャレンジャーだ」

オーストリア戦は、美しい試合にはならなかった。ドイツはひたすらガムシャラにプレーした。レーヴも、オーストリア代表のヨーゼフ・ヒッカースベルガー監督と競うように、ライン際で激しい身振り手振りを交えてチームを鼓舞した。

第四審判のダミ・スコミナは、レーヴのところに駆け寄って警告した。

「下がれ、下がるんだ」

このオウムのような第四審判に、レーヴはかなりいらついていた。

そして事件が起きる。スコミナがヒッカースベルガーをベンチに押し戻したとき、レーヴが口を挟んだ。

「お願いだから、静かに仕事をやらせてくれ」

侮辱されたと感じたスコミナは、主審を呼び寄せて報告した。すると突然、両監督にレッドカードが提示された。まだ40分のことだった。

そこからはアシスタントコーチのハンジ・フリックが指揮を取った。

チームを救ったのはキャプテンだった。後半4分、バラックが怒りを爆発させたかのようなＦＫをネットに突き刺して、決勝ゴールが生まれた。目には勝利への執念が燃えあがっていた。やはり仲間たちを導けるリーダーは、この〝カピターノ〟しかいない。

途中から客席で見守ったレーヴは、こう語った。

「とてつもない我慢が必要な試合だった。グループステージを勝ち上がることができて、本当に良かった。ただし、内容には不満で、それをすでにチームに伝えてある。『こんなサッカーは好きではない』と。何かを変えなければならない。さもなければトーナメントを勝ち上がることはできないだろう」

新システムがもたらした快勝

オーストリア戦の退席処分を受け、UEFAの規律委員会はレーヴに1試合のベンチ入り禁止を命じた。決勝トーナメント1回戦のポルトガル戦は、客席から見なければならない。試合中に携帯電話やメモを使って連絡するのも禁止だ。

オーストリア戦ではレッドカードを提示されて、退場処分を受けた。

ツバンツィガー会長はポジティブにとらえようとしていた。

「これが選手のモチベーションを上げることを期待したい。準決勝に勝ち進んで、再び監督に指揮を取らせようという気運が高まるはずだ」

ポルトガル戦の指揮を取るのは、引き続き43歳のフリックだ。

レーヴは事前に、想定できるすべての可能性について話し合った。選手が退場したら何をすべきか？ もしクリスチャーノ・ロナウドを止められなかったら？ PK戦になったら誰が蹴るか？

ひとつプラス材料は、クロアチア戦で退場になったシュバインシュタイガーが出場できることだ。

レーヴはこう言った。

「ポーランド戦で先発メンバーではないとわかったとき、シュバインシュタイガーはものすごくガッカリしていた。私は彼を慰めて、慎重に扱ってやらなければならなかった。だが、クロアチア戦のあとに状況は一変した。もう彼を慰める必要はない。彼は退場になってみんなに迷惑をかけた。今、チームは彼を必要としている。フレッシュな力を中盤にもたらしてほしい」

そしてポルトガル戦に向けて、戦術面で重要な変更がなされた。

システムを変更することになったのだ。

すでに第2戦のクロアチア戦後、バラックからもっと守備に注意を払うべきではないかと進言を受けていた。第3戦のポーランド戦後、ウィーンからアスコナに戻る飛行機の中で、監督はスカウト主任のジーゲンタラーと話し合いを行なった。

2人が導き出した新たな布陣は、バラックをトップ下に起用して、ヒッツルスベルガーとロルフェスにダブルボランチを組ませること。4―4―2から4―2―3―1に変更するということだ。中盤の守備を厚くすることで、相手はリズムを掴みづらくなる。

トップ下のバラックが攻撃的な位置を広く動いて危険な存在となり、左にポドルスキ、右にシュバインシュタイガーを置いてサイドから圧力をかける。クローゼがワントップとして、他の選手たちのためにスペースを作る。

それまでレーヴは、ワントップは前線へのパスコースが限られるため、あまり好きではなかった。だが今回は、この変更によって、先発メンバー選びという点ではひとつ気が楽になった部分があった。2トップの位置で機能しないゴメスをはずす口実ができたからだ。

いざ試合が始まると、当然、連携面はぎこちなかった。だが同時に、新システムは大きな可能性も示した。チームに流動性が生まれ、ポドルスキが左でダイナミックに動き回り、シュバインシュタイガーは右で繊細なテクニックで輝きを放った。

もっとも美しいシーンは、22分に訪れた。

ポドルスキが左サイドを駆け上がり、まずロルフェスとワンツーパスを交換すると、さらにバラックとワンツー。そこからゴール前にグラウンダーのクロスを上げると、走り込んだシュバインシュタイガーが足を伸ばして合わせた。新システムのお手本になるような先制点だった。

その後、ドイツはＦＫから２つのゴールを奪った。シュバインシュタイガーのＦＫに、クローゼとバラックが合わせた。

ドイツは終始リードを守って、３対２で勝利。危なげない勝利だった。

試合後、記者たちの最大の関心事は、誰がシステム変更を決断したのかということだった。バラックが要求したのか？　ジーゲンタラーが考えたのか？　それとも戦術家の監督か？

記者会見の壇上に上がったコーチのフリックは、やむをえず答えた。

「チームとして決断したことです。誰がアイディアを出したのかはどうでもいいことです」

ただし別の場で、レーヴはシステム変更の発案者は自分自身だったと明かした。

「新しい戦略を思いつき、それによって試合に勝つことができて最高の喜びだ。こんな瞬間のために監督は生きている。もちろんジーゲンタラーは判断を下すうえで重要な貢献をしてくれた。だがシステム変更について、決断したのは監督だ」

さらにレーヴが強調したのは、あくまで微修正だったということだ。

「メディアはシステム変更についてあれこれ書いているが、戦術的な方向性は４－４－２のときと同じだ。なるべく早く、直線的に前へ攻める。人がいないエリアに無闇にボールを蹴り込まない。

すべて以前と変わらないことだ。ピッチ上のエリアの割り振りを変えただけ。サッカーでは柔軟に、他の解決策を選ぶべき瞬間がある」

ただし、他国を見渡せば、4－2－3－1は決して特殊なシステムではなかった。すでに多くのクラブや代表が採用していた。ようやくドイツサッカーもその基準に追いつくことができということである。

粘り強いトルコとの熱戦

準決勝の相手は、勢いに乗るトルコになった。

テクニックがあり、ボールを良くつなぎ、粘り強さを持っていた。気持ちの強さでは大会屈指だっただろう。

そして何と言っても、ファティ・テリム率いるチームは準備期間にアメリカ人フィットネスコーチを招いており、とてもコンディションが良かった。その証拠に、すでに終了間際のゴールが3点もあった。

レーヴは選手たちに注意を促した。

「トルコにはテクニックに優れた選手がいる。さらにどんなチームでも大会を勝ち上がると感情が高まり、揺るぎない自信を持つ。トルコ人は意地があり、いつでも反撃する意志の強さがある」

戦術家のレーヴにとって、ポルトガルのほうが与《くみ》しやすい相手だった。ある程度プレーが計算でき、設計図を組めるからである。

一方トルコはエモーショナルで、即興的にプレーするので予想がつかない。粘り強く、最後の1秒まで危険な存在だった。

それでもトルコにも弱点がある。たとえばセットプレーの守備だ。ドイツは徹底的に分析して、DVDを選手たちに渡した。

「ポルトガル戦は、組織に重点をおいた。だが、トルコ戦では感情が問われる。情熱と意志の力で勝とう！」

バーゼルで行なわれた準決勝のトルコ戦で、ドイツは引き続き4-2-3-1を採用した。

レーヴはモチベーションビデオを用意し、パブリックビューイングでファンが盛り上がる映像を見せ、チームの士気を高めた。ドイツでは数百万人というファンが応援をしている。熱い応援を受けているのはトルコだけではないのだ。

試合はとてつもない感情に包まれた。トルコが試合を支配し、中盤の狭いエリアでテクニックを発揮した。ドイツは翻弄されて秩序を失い、ミスを重ねて、22分にトルコが先制点を決めた。

だが、ドイツも意地を見せる。その4分後にシュバインシュタイガーがゴールを決め、1対1でハーフタイムを迎えた。

再び均衡が破れたのは79分。ラームのセンタリングをクローゼがヘディングで合わせた。ドイツのベンチにほっとした空気が流れた。しかし7分後、レーヴは再び髪の毛をかきむしることになる。ラームがガラタサライのサブリに簡単に抜かれてしまい、フェネルバフチェのセミフへパス。GKレーマンが股下を抜かれて同点にされてしまった。

この意地の張り合いに勝利したのは、直前のミスを挽回しようとしたラームだった。ゴール前に駆け上がり、終了間際に決勝弾を叩き込んだのだ。

試合後、レーヴはほっとして言った。

「神経が消耗する、信じられない緊張感に満ちた試合だった。トルコは予想以上の闘志を見せた。最後までわからない展開になった。2対2に追いつかれたときは、延長戦を覚悟したが、ラームがやってくれた。試合終了の笛が鳴ったあとは、その瞬間を楽しむために控え室に一人で戻った。心の底から喜びが湧き上がってきた」

だが、まだこれは準決勝にすぎないのだ。さらに上の喜びがある。

6月29日、ウィーンで決勝の舞台が待っていた。

チキタカにチャンスなく完敗

決勝の相手は、準決勝でロシアに3対0で完勝したスペインになった。

彼らはまさにショートパスの王者だった。一度ボールを持てば、イベリアの芸術家たちはそう簡単に手放さない。プレッシャーの中でも確実に速くダイレクトパスをつなぎ、ゴールチャンスをつくる。これこそが「チキタカ」と呼ばれるサッカーだ。

決勝のホイッスルが鳴ると、最初の15分間は互角だったものの、少しずつ力の差が出はじめてしまう。

ドイツはスペインのパス回しに対応できず、後ろから追いかけるシーンが目につくようになった。そして33分、シャビのスルーパスからトーレスに先制点を決められてしまった。

レーヴは反撃を試みるために、58分にクラーニを入れて2トップに変更した。さらに79分にゴメスを投入する。それでも状況は変わらない。

スペインは自分たちのサッカーを楽しんでいた。ドイツは最後の最後までチャンスを作ることができなかった。最終的なスコアこそ0対1だったが、歴然とした力の差があった。

スペインの選手たちが歓喜のダンスを踊るのを横目に、ドイツの敗者たちは呆然と立ち尽くした。準優勝という結果を祝う者はいなかった。

レーヴも大きなショックに襲われていた。それでも毅然と振る舞い、勝者となったルイス・アラゴネス監督に祝辞を伝えると、選手たちの所へ行って肩を叩いて慰めた。

その夜遅く、『ウィーナー・フェニックスクラブ』で晩餐会が催された。妻のダニエラとともに出席したレーヴはDJに歩み寄り、ウド・ユルゲンスの〝Aber bitte mit Sahne〟（どうか生クリームをつけて）というヒット曲をリクエストしてダンスを踊った。

朝まで盛り上がったあと、レーヴの中に新たな目標が生まれていた。

２００６年W杯では3位になった。そしてユーロ２００８で2位になった。南アフリカW杯では1位にならなければならない。

決勝戦の翌日、ビアホフの企画により、ドイツはベルリンのブランデンブルク門で準優勝の報告会を行なった。数千人のファンが集まって、選手たちに声援が送られた。

このお祭り騒ぎを、スポーツディレクターのザマーは公然と批判した。世間に浮ついた印象を与えかねず、選手の闘争心を損なう可能性があるからだ。ただ、ファンに感謝の気持ちを伝えるという意味では重要な機会だっただろう。

しばらく時間が経つと、決勝の失望感は薄まり、準優勝の喜びが強まってきた。それでもときどきスペインに屈した悪夢が思い出され、レーヴは強い怒りがこみ上げてきた。

レーヴはスペインの強さを徹底的に分析した。

「スペインの最大の長所は、プレッシャーの中でも正確にプレーできることだ。ボールを蹴る、止める、運ぶ、すべて狂わない。個々の基本技術の完璧さが試合を作っている」

スペインの優位性は、偶然に生まれたものではない。20年、30年、一貫したコンセプトの下で育成に取り組んだ成果だ。ドイツは２０００年に育成の改革に手をつけたにすぎない。

それでもレーヴはリベンジを誓った。

「次こそスペインに勝利する」

このユーロにおいて、ドイツがよりフレキシブルになったことは大きな収穫だった。４－４－２と４－２－３－１でプレーでき、相手は予測しづらくなった。

すべてがうまくいったわけではなかったが、メディアも高く評価した。南ドイツ新聞はこう書いた。

「レーヴは決勝ラウンドの過程の中で『コンセプト好きの理論家』から『トーナメントに強い監督』へと変貌した。プランに従うだけの監督から、状況に応じて積極的に決断できる監督へなったのだ」

決勝戦ではスペインに完敗。スペインの選手たちに健闘を称えられ、退場するレーヴ監督。

■レーヴの広告戦略とイメージマネジメント

レーヴにはピッチ外において、重要な3人のパートナーがいる。代理人のローラント・アイテルとハルン・アルスラン、そして弁護士のクリストフ・シックハールトだ。

3人はそれぞれ役割分担ができており、アイテルはイメージ戦略を担当して、レーヴが取材を受けるジャーナリストを選定する。アルスランは親身になってキャリアの道先案内人となり、シックハールトは契約の細かい内容をチェックする。

なかでも興味深いのは、イメージ戦略だろう。

それを担うアイテルはシュヴァーベン地方出身で、レーヴより2歳上。もともとはシュツットガルター新聞のスポーツ記者だったが、その後VfBシュツットガルトの広報に転身し、さらにクリンスマンの代理人にステップアップした。

レーヴが1995年にシュツットガルトのアシスタントコーチになったときに、2人は知り合った。アイテルは今でも、クリンスマンとレーヴの代理人を務めている。

言うまでもなく、アイテルの仕事はクライアントのイメージをアップさせることである。

レーヴがドイツ代表監督に就任してからの2年間、アイテルは広告のオファーをすべて断った。やっと広告を受けたのは、ユーロ2008後のことだ。その際、アイテルは14ページに及ぶイメージ戦略計画書を作成した。

信用できること、頼りになること、専門知識があること、モチベーションを上げられること、規律を作れること、成果を出せること、スタイリッシュであること、つねに落ち着き親しみがあること。それらの特徴が計画書に書かれていた。このイメージに合わない広告のオファーは、どんなに高額でも断った。

そして、その基準の下で最終的に契約にいたったのは3つの広告だった。ドイツの資産運用コンサルタント『ドイチェン・フェアメーゲンスベラートゥング』、旅行代理店『TUI』、スキンケアブランド『ニベア』の3つだ。契約金の合計は、推定150万ユーロだ。

2008年11月にスタートした『TUI』のCMでは、レーヴは「休暇コンサルタント」役を演じた。

「サッカーだけでなく、バカンスの問題も解決します」

バージョンが進むにつれ、こんなコミカルな演技も披露した。

レーヴがバカンス先に到着すると、部屋にドリンクが運ばれ、プールではハンドタオルが手渡された。その後、レーヴはレセプションに行き、少し気取って「私を特別待遇しないでくださいね」と切り出した。すると受付の女性はこう返した。

「えっと、ミスター、あなたは誰ですか?」

知的でクールで、それでいて親しみやすい——。代理人のイメージ戦略は、見事に成功した。

第9章

団結、そして新チーム誕生へ

ユーロ2008のあと、ドイツ代表は世代交代の時期を迎えた。

ベテランのレーマンとシュナイダーが代表から引退し、メッツェルダーも度重なるケガによってフェイドアウトしていった。長らくバラックとコンビを組んできたフリンクスも、しだいにベンチに座る時間が長くなった。

その一方で、次々に若手が頭角を現わした。トロホフスキ、ヒッツルスベルガー、ロルフェスがバックアッパーとして計算できるようになった。

さらに世代交代を加速させるべく、レーヴは2009年末まで、新しい選手にチャンスを与える方針だと発表した。2010年W杯に向けて、新たな競争を求めたのだ。

当然、世代交代を進めようとすれば軋轢《あつれき》が生じる。実力主義を取り入れると発表したことも反感を強めた。ユーロ2008のときは、経験を重視していたからだ。

もっとも騒動になったのは2010年1月のフリンクスの落選だ。バラックは盟友の落選を嘆き、レーヴの選考を批判した。だが、バラックも世代交代の波と無縁ではいられなかった。選考基準の転換によって、しだいに苦しい立場に追い込まれて行く。

レーヴはリーダーの交代も見越して、すでにユーロ2008のあとにラームとシュバインシュタイガーに対して「君たちがチームを引っ張る役目を担うときがきた」と伝えていた。

システムチェンジの最終判断

2008年9月にW杯予選がスタートすると、ドイツはまずリヒテンシュタインに6対0で圧勝したが、続くフィンランド戦は3対3で引き分けてしまった。

試合後、レーヴは不機嫌だった。インタビューアが「ライン」が消えていたことを指摘すると、こう反論した。

「もし私がもっと性格が悪かったら、こう君に聞くだろう。どのラインのことだ？　とね」

意地悪な質問をされると、レーヴはアレルギー反応を起こすようになった。公の場で怒りを隠さなくなったのだ。もはやユーロ2008に挑む前のレーヴではなかった。

ドイツのチーム力は確実に上がっており、ロシアとウェールズに2連勝。グループ4の首位に立った。2009年になってもドイツは予選で危なげなく、リヒテンシュタイン、ウェールズ、アゼルバイジャンに勝利した。

ひとつ懸案事項になったのはシステムだ。

ユーロでは大会途中に4－4－2に見切りをつけ、ポルトガル戦から4－2－3－1を採用してファイナルに進出することができた。

だが、準決勝のトルコ戦は決して圧倒できたわけではなく（レーヴは4－4－2だったら「あそこまで苦戦しなかった」と考えている）、決勝戦ではスペインに手も足も出なかった。ユーロ後、レーヴは布陣を4－4－2に戻した。

たとえばアゼルバイジャン戦では、バラックとヒッツルスベルガーがダブルボランチを組み、クローゼとゴメスが2トップを組んだ。しかし、やはりこのシステムでは、うまく機能しない部分がある。再びシステム変更の決断を迫られた。

2009年9月、ドイツ代表のスタッフはフライブルクに近いバイアースブロムの五つ星ホテルに集まって、3日間議論を重ねた。それまでの試合を分析し、徹底的に議論した。

その結果、新たなシステムに挑戦することが決まった。

それは4－3－3。

シュバインシュタイガー、ポドルスキ、マリンらをサイドで生かし、トップ下には若手のエジルが抜擢されることになった。早速9月の南アフリカとの親善試合で、エジルとマリンが初先発した。

ただし、4－3－3と言っても、オランダのような古典的なウィングを置くやり方とは違う。MFタイプがサイドでプレーするため、実際には4－2－3－1とあまり変わらなかった。

だが、3トップと言ったほうが攻撃的に聞こえるし、そのほうがレーヴのフィロソフィーにより近い印象を与える。イメージを考えて、あえて4－3－3と表現した。

この変更の犠牲者となったのは、クローゼだった。バイエルンで結果を出していたゴメスが1トップに抜擢され、クローゼはベンチになった。

システム変更によって、チームにさらなる活気が生まれる。

4－5－1のほうが柔軟性があり、個人の負担が軽くなった。5人のMFがコンパクトに立つと縦パスを防ぐことができ、守備の結合部をやられづらくなった。

より細かく言えば、守備のときは、両サイドのMFがダブルボランチとラインを作って4－4－1－1になる。そして攻撃になったら、両サイドのMFが上がって4－3－3になる。

このシステムの最大の長所は、最適なエリアの割り振りにある。たとえば守備のときは、各ボランチに対して2人のDFが三角形を作り、ブロックを組める。

攻撃の際は、長い距離を走らなくても、トライアングルを作りやすい。選手が状況に応じてポジションチェンジできれば、たくさんのバリエーションが生まれる。

ただし、この変更に反対したのがキャプテンのバラックだった。バラックは相変わらず守備の堅さを優先すべきだと考えていた。

だが、結果が新システムのポテンシャルを証明する。2対0で勝利した南アフリカ戦に続き、アゼルバイジャン戦でも4−2−3−1を採用すると4対0で快勝した。

人工芝を徹底的に研究

2009年10月、W杯予選は大一番を迎えた。

相手はグループ4で2位につけるロシア。このヒディンク率いるチームに抜かれて2位になると、プレーオフに回らなければならない。ホーム&アウェーの一発勝負のプレーオフは何が起きてもおかしくない。1位になってストレートで予選を突破したいところだ。

試合が予定されたモスクワのスタジアムは人工芝のため、ドイツはあらかじめマインツの施設を借りて人工芝で練習を行なった。

レーヴは記者会見で強調した。

「人工芝を言い訳にしてはならない」

選手たちは慣れない環境にもめげず、ドリブルで切れ込んだエジルから素晴らしいパスが出てクローゼがゴールを決めた。ロシアにもチャンスがあったが、GKアドラーがストップする。

ドイツは1対0で勝利して、南アフリカW杯へのチケットを手に入れた。

『フランクフルター・ルントシャウ』紙はこう称えた。

「レーヴはクリンスマン時代のハプニングサッカーから、クールで緻密に計算されたサッカーを生み出した」


この頃から、レーヴの人気が急上昇しはじめる。

『ビルト』紙は名前と英語の「Ｌｏｖｅ」をかけて、「Ｗｅ・レーヴ・Ｙｏｕ」と見出しをつけた。ファンから愛された理由は、感情を表に出すようになったことも関係していた。ピッチ際で90分間、カメラに映っていることを気にせず、喜怒哀楽を見せるようになったのだ。

ユーロ２００８以降、クールだったはずのレーヴがどんどん感情的になって、人間らしさを見せるようになった。もはやクールではなく、ときにしかめっ面をして、ときに手を振り回して怒りを爆発させた。

すでにＷ杯出場を決めて残りの予選は消化試合となったが、ドイツは油断しなかった。10試合で負けなし。素晴らしい結果だった。

南アフリカＷ杯の暫定メンバー

レーヴはユーロ２００８からの2年間、戦術的なフレキシブルさ、テクニック、スピードを求めて、たくさんの若手をテストした。ケディラ、ボアテン、エジル、アドラー、アオゴ、クロース、ミュラー、ノイアーといった選手たちだ。

レーヴは嬉しい悲鳴をあげた。

「たくさんの若手がブンデスリーガのトップチームでプレーするようになった。この状況はドイツ代表にとってすごくプラスだ」

実際に結果も伴っており、ボアテン、ケディラ、エジル、ノイアーらは、2009年にスウェーデンで開催されたU-21欧州選手権で優勝を飾った。

言うまでもなく、これは2001年から始まったブンデスリーガの育成改革の成果である。この新しいタレントたちは、ただ才能があるだけでなく、人間的にもプロフェッショナルだった。レーヴはこう称える。

「彼らは傲慢なところがなく、すごく謙虚なんだ。それでいて確かな自信を持っている」

2010年4月下旬、再びバイエルスブロムのホテルで、レーヴ、フリック、ケプケ、ジーゲンタラーが集まり、3日間ぶっ通しで会議を行ない、南アフリカW杯の仮登録メンバーを決めた。発表は5月6日。シュツットガルトのメルセデスベンツ・ミュージアムが会見場に選ばれた。

レーヴがまず口にしたのは、全員を満足させることはできないということだ。若手が成長した分、監督にとっても辛い選考になった。

そして27人の名前が読み上げられた。

ブンデスリーガ王者バイエルン・ミュンヘンから7人が選ばれた。２００６年W杯のメンバーが8人いた。

本登録より4人も多いのは、バラックが5月15日にFAカップの決勝を控えており、同日にバイエルン対ブレーメンのドイツ杯決勝も予定されていたからだ。さらに5月22日、バイエルンはインテルとのCL決勝が待っていた。

直前にアドラーが肋骨を骨折し、ロルフェスが膝を負傷したことは誤算だったが、それくらいでは揺らがない選手層になっていた。

このメンバー選考からは、ベテランではなく、若手を重視するという新たなコンセプトが感じられた。

メンバー発表の時点で、ノイアーとケディラはA代表で3試合しか出場しておらず、ミュラーとバドシュトゥバーはわずか1試合のみだ。U-21欧州選手権の優勝メンバーが6人も入っていた。

経験よりも才能――。

それがレーヴの新たなコンセプトである。若手の力によって、レーヴのコンビネーションサッカーはさらに勢いを増そうとしていた。

バラックのほかに、チームには3人の中心選手がいた。

左右のサイドバックでプレーできるラーム、バイエルンで守備的MFとして新境地を開いたシュバインシュタイガー、そしてベテランのクローゼだ。クローゼだけはクラブで結果が出ず、一時期はレギュラーからはずれていたが、最終的に前線でスペースを作れることが評価された。

通常、ここにGKも含まれるべきだが、アドラーの突然の離脱によって正GKの座が不在になっていた。

最有力はシャルケで正GKを務めるノイアーだった。モダンなGKとして評価を上げていたからだ。つねに落ち着いており、先を読む目を持ち、正確なキックで早い攻撃を仕掛けられる。

約1年間、レーヴが褒めつづけた2人の若者、エジルとケディラも中心選手になる可能性を秘めていた。

シュツットガルトのケディラは守備をまとめることができ、組織にバランスをもたらすことができる。U－21欧州選手権でも活躍し、エレガントでコンビネーションにも長けていた。ヒッツルスベルガー、ロルフェス、フリンクスにはない、近代的要素だ。

ブレーメンのエジルは、創造性と効率性を併せ持つ。その才能をレーヴは「究極のシンプルさ」と表現する。

「パーフェクトなタイミングで、決定的なパスを出せる」

またミュラーの評価も急上昇していた。長い距離を走ってゴール前に行く能力があり、右サイドのMFとして期待された。

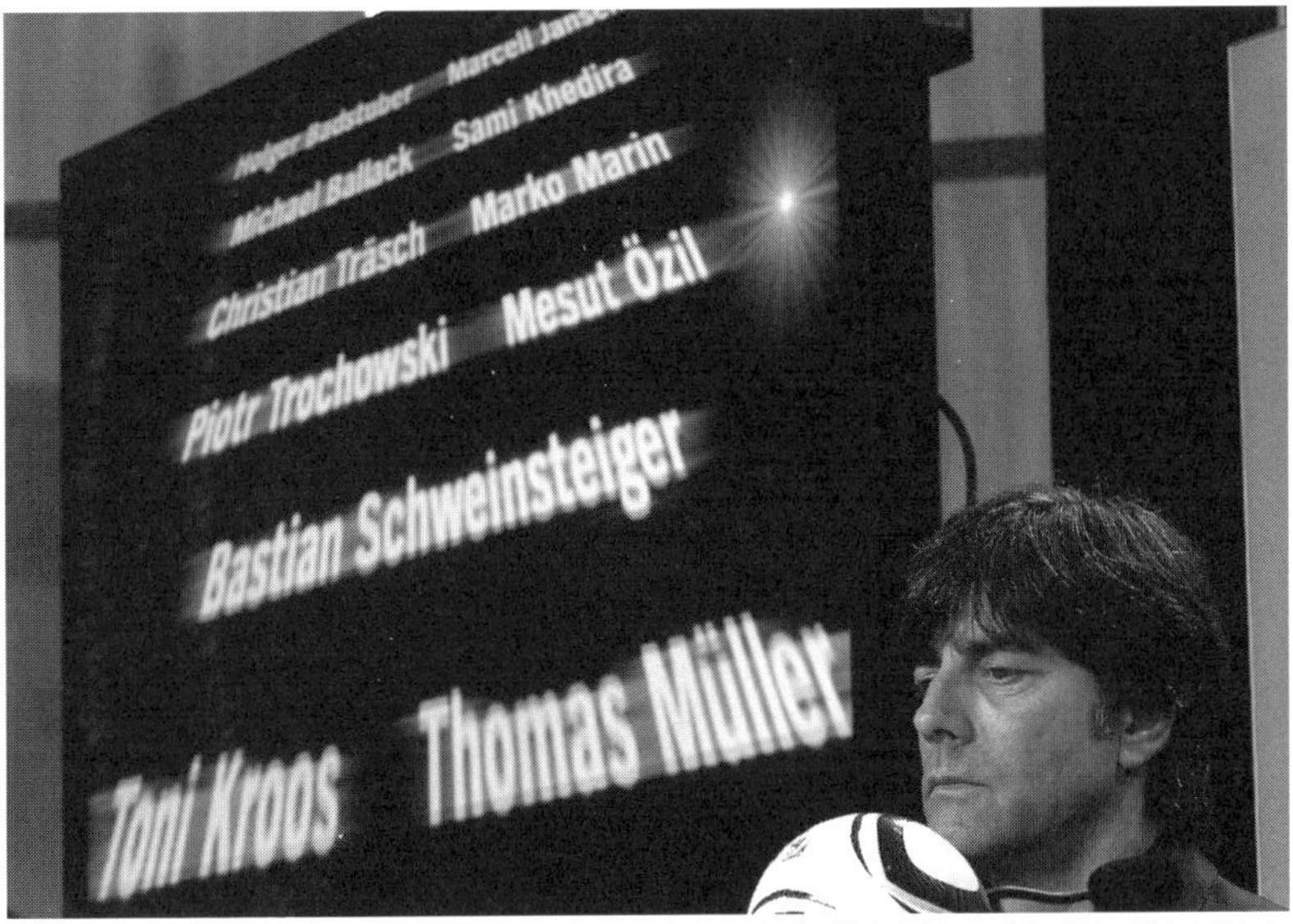

2010年、シュツットガルトのメルセデスベンツ・ミュージアムで代表が発表される。若手重視の新たなコンセプトが感じられ、レーヴのコンビネーションサッカーはさらに勢いを増そうとしていた。

バラックの離脱で若手が台頭

5月15日、レーヴは15人のメンバーのみで合宿をスタートさせた。いつものように最初は家族と恋人の同伴が許された。

だが、ここから予想外のことが立て続けに起こる。

バラックがFAカップの決勝で、ケビン・プリンス・ボアテンの悪質なタックルを受けて内側副靭帯断裂の大ケガを負ったのだ。メディアはドイツにとってのW杯が終わってしまったかのような大騒ぎになった。

だが、レーヴは驚くほどに冷静だった。追加招集も、システムの変更も考えていないことをすぐに明かした。

周囲の心配をよそに、レーヴはこう説明した。

「ミハエルは、私たちのサッカーを最適に実行できる選手だ。彼のメンタルの強さや経験は大きく、それを今から埋めることはできない。だが、私たちはサッカーを変える必要はない。やるべきことは同じだ」

レーヴは前向きだった。ベテランの離脱は、ポジティブに見れば、若手が化けるチャンスでもあるからだ。

それよりも問題は、フィジカルとメンタルの状態を本番までにいかに最高の状態に持っていけるかだった。

ブレーメンはドイツ杯決勝で敗れ、その勝者となったバイエルンもCL決勝でインテルに敗れていた。ヘルタ・ベルリンのフリードリヒは2部降格の痛みを味わい、ポドルスキは復帰したケルンで調子を落としていた。

短期間でW杯にふさわしい心身状態に持っていけるかは未知数だ。


一方、メディアが不安視したのは、バラック離脱によってリーダーがいなくなってしまったことだ。

だが、いなくなった選手の不在を嘆いても仕方がない。一人では代わりはできなくても、2人ならば役割を分担できるかもしれない。レーヴはラームを新キャプテンに指名し、シュバインシュタイガーに「仲間を引っ張るリーダー」としての役目を期待した。

2006年W杯とユーロ2008を経て、2人は急成長をとげていた。

ラームはボールを確実に扱うことができ、積極的にパスに絡み、チームを落ち着かせられる。すでに書いたように、シュバインシュタイガーはファンハール監督の下、ボランチとして覚醒した。若いケディラとコンビを組ませるには最適の選手だ。

南チロルの合宿が進むと、フィジカルについてはそれほど心配がいらないことがわかってきた。

クリンスマンの取り組みが２００６年Ｗ杯で成功したことで、アメリカ流のトレーニングをブンデスリーガの各クラブが取り入れはじめた。その結果、ドイツのいたるところでスペシャリストによるフィジカルトレーニングが受けられるようになったのだ。

レーヴが持久力とともに重視したのが、スプリント能力だ。

国際試合を分析した結果、レーヴは南アフリカＷ杯のトレンドをこう予想した。

「かなり早いテンポでサッカーが行なわれるだろう」

さらに南アフリカは標高差が大きく、その対策を考える必要もあった。長距離移動によるストレス、南半球の冬の気候にも適応しなければならない。

コーチのフリックはこう語った。

「寒暖の差が大きいので、選手たちには暖かい服を持っていくだけでなく、シャワーを浴びたあとにしっかりドライヤーで髪をかわかすように指示した」

レーヴとフリックも風邪をひかないように、カシミアのセーターを持参することにした。

大会前の親善試合で、レーヴはさらなる手応えを摑んだ。

５月29日のハンガリーとの試合では、ケディラ、クロース、バドシュトゥバーら若手が洗練されたプレーでたくさんのチャンスを作り、３対０で勝った。

Ｗ杯前の最後のテストマッチとなったボスニア・ヘルツェゴビナ戦では、先制を許しながらも３

点を返した。

シュバインシュタイガーとケディラの新コンビは守備が堅く、トップ下のエジルがクリエイティブにゲームを作り、ミュラーが運動量で攻撃を活性化する。大きな可能性を感じさせた。

南アフリカに出発する前、ラームは確信するかのように言った。

「自分がプレーしてきた中で、最強の代表チームだ。２００６年Ｗ杯のときよりも、ユーロ２００８のときよりも、クオリティが高い」

レーヴも新キャプテンと同じことを感じていた。

「素晴らしい気分だ。大会が楽しみで仕方がない」

第10章

無冠でも喜びに沸いたドイツ

W杯の準備期間、レーヴはうんざりしていた。

タイトルを獲得できるのか？　攻撃サッカーが阻止されたら？

こういうどうでもいい議論が続いていたからだ。

ついにレーヴはタイトルについて話すのをやめた。代わりにチームに何を期待しているかを語りはじめた。

「魅力的なサッカーは、感動を引き起こす。相手からボールを奪われないためだけにパスをつなぐのとは違う」

誰にもタイトルは保証できない。だが、感情を揺さぶるような試合をすることは約束できる。

もちろんチームを美しさの中で死なせるつもりはなかった。決勝まで勝ち進むための綿密なプランを立てた。

まずはグループリーグで、オーストラリア、セルビア、ガーナに打ち勝たなければならない。

オーストラリアは組織化されていて、フィジカルが強く、決して下を向かない特徴がある。セルビアは優れたテクニックを持つ個人主義の集団で、狡猾に戦うことができ、ボールをスピーディーに走らせられる。ガーナは２００９年のＵ－20Ｗ杯王者のフレッシュなメンバーがいて、飛び抜けた身体能力、持久力、果てしない闘争心を持つ。決して簡単なグループではない。

ダーバンで行なわれたオーストラリア戦で、レーヴは予定どおり４－２－３－１で臨んだ。ラーム、メルテザッカー、フリードリヒ、バドシュトゥバーがＤＦラインを作り、その前でシュバインシュタイガーとケディラがコンビを組む。トップ下は攻撃を操るエジル。１トップはクローゼだ。左右のＭＦのポドルスキとミュラーは、攻守において相手に圧力をかけるのが役目だ。

試合は思いどおりに進んで、うっとりするような展開で４対０で完勝。建築家が設計図を描いたかのような、緻密な攻撃だった。

大会直前、バラックがＦＡカップの決勝で負傷し、南アフリカＷ杯のメンバーからはずれていた。だが、誰がバラックの不在を嘆いているのか？　そんな主張がレーヴの言葉にはにじんでいるようだった。むしろバラックがはずれたことで、ドイツのサッカーのテンポはさらに上がった。

クールな監督が感情を爆発

だが、ここでユーロ２００８と同じことが起こってしまう。

ユーロでは第2戦でクロアチアに敗れた。そして2010年W杯では、同じ旧ユーゴスラビのセルビアに敗れたのだ。

試合開始から、ドイツは波に乗れなかった。センターバックのメルテザッカーとフリードリヒが不安定で、左サイドバックのバドシュトゥバーは簡単に裏を取られた。クローゼが37分に2枚目のイエローカードで退場。その直後にセルビアに先制点を決められてしまった。

そこからドイツは盛り返し、一人少ないにもかかわらず、後半は多くのチャンスを作った。そして60分、相手がペナルティエリアでハンドを犯し、ドイツはPKを得た。だが、ポドルスキが蹴ったPKは止められてしまう。レーヴは怒りのあまり、水のボトルを叩き付けた。

0対1のまま試合終了の笛が鳴ったときも、レーヴはボトルを叩き付け、水を周囲に飛び散らせた。

こんな乱れた姿は初めてだ。仮面をつけたかのようなクールな監督は、いつの間にか人前で感情を爆発させるようになっていた。

だが、ユーロのときと同じように、これで終わったわけではない。第3戦でガーナに勝てばいいのだ。

ガーナ戦でもドイツはひどい出来だったが、粘り強さだけは失っていなかった。そして2年前にバラックがFKでチームを救った役割を、今度は21歳のエジルが担うことになる。

60分にエジルが左足で鋭いミドルシュートを決めて、ドイツに勝利をもたらした。若い選手でも、重圧に打ち勝てることを証明した瞬間だった。

ドイツのヒョウがイングランドのライオンを襲う

決勝トーナメント1回戦の相手はイングランドになった。ここからが本当の戦いである。

ブルームフォンテーンの会場に向かうとき、バスの中ではいつものようにブシドーの歌"Fackeln im Wind"(風の中のたいまつ)が流された。ブルームフォンテーンが位置するマンガウング自治市は、現地のソト語で「ヒョウの場所」という意味だ。ドイツの若き群れが、イングランドの「スリーライオン」に襲いかかるには絶好の場所だ。

イタリア人のカペッロ率いるイングランドは、FWにルーニー、DFにテリーといった質の高い選手を抱えていた。

だがレーヴは分析の結果、彼らの組織力に弱点を見つけていた。

イングランドの弱点は、攻撃をした後、守備の態勢を整えるまでに時間がかかることだ。つまり攻撃から守備への切り替えが遅いということ。そのときに素早く攻めれば、混乱させられるはずだ。

レーヴはブルーのカシミアニットの上に、グレーのスーツを着て臨んだ。

だが、重圧からなのか、放心状態のように見える。鼻をほじり、コーチの呼びかけにも気がついていない。だが、20分にドイツが先制すると、ようやく正気を取り戻したかのように喜びを爆発させた。

20分の先制点は、GKノイアーとクローゼの阿吽《あうん》の呼吸から生まれた。ノイアーがゴールキックで蹴ったボールがイングランドの守備の隙間に落ち、クローゼが相手のDFを振り切ってゴールを決めた。

ドイツの2点目は、右サイドの細かいパス交換から生まれた。その流れで裏に抜けたミュラーがワンタッチで中央にパスを送り、走り込んで来たポドルスキが豪快に決めた。

3点目は、自陣深くで相手からボールを奪ってからカウンターを仕掛けたもので、まさにレーヴがイメージしていたとおりのゴールだった。

ジェラードやランパードが守備に戻らなかった隙を見逃さず、ドイツは3から5人の選手が一気に駆け上がる。そしてクローゼがセンターバックを引きつけ、空いたスペースを他の選手が使うのだ。

経験よりも、若さを優先したのは間違いではなかった。レーヴは現代の大会では、経験はそれほど重要にならないと考えている。若いほうが過密日程の負担に耐えて、大会中にトレーニングの強度を上げることが可能になるからだ。

レーヴは言う。

「若い選手の回復力はすごい。ベテランではそうはいかない。経験より、質、負荷に耐える能力、

GKノイアーは、2010年W杯でのイングランド戦で、クローゼのゴールをアシストした。3位決定戦以外の全試合にフル出場。ドイツの2大会連続となる3位入賞に貢献した。

勝ちたいという気持ちのほうが大事だ」

まさにその反面教師がイタリアだった。２００６年W杯の王者は、90分をハイテンポで戦うことができず、１勝もできずにグループステージで敗退してしまった。

ドイツの疾風がアルゼンチンを吹き飛ばした

レーヴはイングランドに完勝したことでかつてない満足感に浸ったが、すぐに気持ちを切り替えなければならなかった。

準決勝の相手は、メッシを擁するアルゼンチン。ほかにも危険な選手がたくさんいる。南米選手はテクニックがあり、フィジカルも強い。挑発したら、しっぺ返しを食う。

だが、用意周到なスカウトのジーゲンタラーは、アルゼンチンとの対戦を見越して数カ月前から分析を続けており、弱点を見つけていた。

その弱点とは、中盤の守備。

アルゼンチンはボランチが一人しかおらず、さらに2トップのため、組織がバラバラになりやすかった。攻撃陣が前線に残ったまま戻らない傾向があった。

レーヴはこう結論づけた。

「アルゼンチンは前と後ろでチームが分断されやすい。もしテンポを早くして攻めれば、中盤に大きな穴が開く」

レーヴは選手たちを鼓舞した。

「ドイツのほうが若くて、速くて、根気強いぞ」

さらに選手たちのモチベーションを上げるために、代表が泊まるホテルの一室に、『ビルト』紙を張り出した。「私たちは君たちを信じている！」という見出しとともに、大勢のファンが写っているものだ。

また、ユーロのトルコ戦のときと同じく、モチベーションビデオを用意した。パブリックビューイングでファンが応援しているシーンだ。

レーヴは誇らしげに言った。

「私たちが書いた脚本どおりにチームは動いている」


準決勝のアルゼンチン戦で、ドイツは期待どおりダイナミックなプレーを見せた。

つねにドイツのほうが早く一歩を踏み出し、アルゼンチンよりも人数が多いような印象すら与えた。そしてボールを奪うと、矢のように速く攻める。開始3分でシュバインシュタイガーのＦＫにミュラーが合わせて先制点が決まり、その後も圧倒しつづけて、67分に追加点が決まった。

ドイツの猛攻は止まらず４対０。会心の試合になった。

イングランド戦と同じ幸運の青いニットを着ていたレーヴは、選手たちと抱き合って喜びをわかちあった。

アルゼンチンを率いるマラドーナ監督も、相手の力を認めざる得なかった。

「ドイツは私たちよりアイディアがあり、ボールコントロールの技術が高かった」

それでもレーヴは「後半は不用意なボールロストがあった」と修正点を指摘した。みんなが喜んでいるときにも、新たな課題を探しつづける。正真正銘の完璧主義者だった。

試合後、メルケル首相がロッカールームを訪れ、勝利を祝福した。誰もがまばゆいばかりの勝利にうっとりしていた。

フランスの『ル・パリジャン』紙は、やや大袈裟な見出しをつけた。

「ドイツの選手たちは他の惑星からやってきたようだった」

ただし、次に当たる相手も、他の惑星からやってきたようなチームである。

準決勝の相手はスペイン――。

ユーロ決勝で敗れたリベンジを果たすときがきた。

再びスペインの壁に阻まれる

スペインはパーフェクトなパス回しを行なうことができ、まるで機械仕掛けのようなチームだ。

レーヴは心の底からリスペクトしていた。

「流れるようなパス交換、打開する力、考え抜かれたプレー。他のチームでは見られないものばかりだ」

ジーゲンタラーの分析も、スペインの前では役に立つかわからなかった。

「スペインの組織は完璧だ。うろたえることもない。強気だが、思い上がったところはない。自分たちが何ができるかを、しっかりと理解している」


レーヴが選手たちに求めたのは次のことだ。

シュバインシュタイガーとケディラはパスコースを遮断して、これまで以上に後方をカバーしなければならない。加えて、ボールを失ったら全員がまずは後ろに下がる必要があった。狙いどおり行けば、スペインを危険ではないパス回しに追い込み、疲れさせられるはずだ。

とはいえ、基本的な戦術は同じだ。細かいニュアンス以外は、イングランド戦やアルゼンチン戦と変わることはない。

そしてレーヴは、ゲンをかつぐことにした。幸運の青いカシミアニットをスペイン戦でも着たのである。それまでこのニットを着たとき、すべての試合でドイツは4得点をあげていた（オーストラリア戦、イングランド戦、アルゼンチン戦）。

「このニットはもう洗えないね（笑）」

ちなみにクロアチアに負けたときは暗い色のカーディガンを着ており、ガーナ戦ではジャケットにコートをはおりストールを巻いていた。

さらに新たなモチベーションビデオが用意された。そこにはスタッフが一人ひとりスピーチする姿が映っていた。

そして開始直前、アメリカ人のフィットネスコーチのシャード・フォーサイスがお馴染みの儀式を行なった。フォーサイスが「Ｐｏｗｅｒ！」（力を！）と叫ぶと、選手たちが「Ｗｉｔｈｉｎ！」（自分の中に呼び起こせ！）と叫び、選手たちは決戦の場へと出て行った。

だが、ドイツは予想以上に苦戦してしまう。一番の問題は、ボールを奪っても素早く攻められなかったことだ。

立ち上がりこそ拮抗《きっこう》したかに見えたが、時間が経つにつれてスペインがコントロールしはじめた。ドイツはパスで振り回されて疲労が溜まり、ボールを奪ってもすぐに取り返されてしまう。こういう苦しい試合に、走力のあるミュラーが警告累積で出られないのは本当に痛かった。

代役のトロホウスキは穴を埋められず、62分に交代を命じられた。代わりに入ったクロースも流れは変えられなかった。ドイツは5本のシュートを打ったが、そのうち枠に飛んだのは2本のみ。69分のクロースのシュートが最大の見せ場だった。

するとその4分後、スペインが試合を終わらせる。シャビのＣＫにプジョルが飛び込み、決勝弾を叩き込んだ。ドイツはそれまで守備で我慢し、大きなチャンスを作らせていなかったが、セットプレーでやられてしまった。

試合後、レーヴは悔しさを隠さずに言った。

「ユーロ２００８の決勝を思い出した。私たちにはチャンスがなく、支配されてしまった。スペインは今回もファンタスティックなサッカーを見せた。それには敬意を示すべきだろう。私たちのサッカーは見事に断ち切られてしまった」

スペインはドイツ対策として、プレスをかわすためにロングボールのパスで機先を制してきた。マタドール（闘牛士）たちは、ドイツの雄牛を空回りさせ、プジョルの冷酷な一撃で仕留めたのである。

スペイン人はただゴールに迫るのではなく、パスで相手を走らせ、頭を疲れさせ、心身ともに消耗させようとする。ドイツは疲労の影響なのか、ボールを奪っても素早く攻める勇気を持てなかった。

レーヴは言う。

「ボールを奪うとほっとしてしまい、２、３秒が経ってしまう。その間にスペインはたちどころに陣形を整えていた。そして、すぐにボールを奪い返すためにプレスをかけてきた」

ドイツは０対１で敗れてしまった。

いったい、どうすれば良かったのか。大会後、レーヴがひたすら考えて行き着いたのは、自分たちが主導権を握ってスペインを疲労させるのは難しいということだった。

「スペインと戦う場合、ボールにそう簡単に近づけないということを、まず受け入れなくてはならない。スペインにゆっくりとボールを持たせておき、相手がボールを失うのを待ち伏せして攻撃をしかける。スペインに挑むには、こういう忍耐と精神力を最低限持っていなければならない」

打ちひしがれたドイツは、２００６年W杯のときと同じく3位決定戦に臨んだ。それでも無気力になることなく、ウルグアイ相手に3対2で勝利した。内容的には印象には残らなかったが、堂々とした姿だった。

優勝には届かなかったとはいえ、3位というのは立派な結果だ。２００６年とは異なり、単に感動を呼ぶサッカーをしただけでなく、戦術的にも洗練したサッカーを見せたからである。

タイトルなくとも不満なし

レーヴは大会をこう振り返った。

「タイトルを手に入れられなかったが、ドイツが世界中のサッカーファンを感動させたことは喜ばしい。大変な栄誉だ。私たちは魅惑的でスピーディーなパスサッカーを見せた。ボールがないところの動きも優れていた」

2010年W杯南アフリカ大会、準決勝でのスペイン戦。イニエスタにかわされ、翻弄される。試合は0対1で敗れてしまった。

多国籍文化であることも誇っていいだろう。23人のメンバーのうち、11人は他国でプレーすることもできた選手だ。ルーツに関係なく、チームスピリットに溢れ、寛容さという点でもお手本になるチームだった。

レーヴは選手たちに賛辞を送った。

「エジルはボールを持たないときの動きで異彩を放っていた。つかみ所がないミュラーは大胆な動きで翻弄し、5得点をあげて大会得点王になった。ケディラは冷静に試合をコントロールしてくれた。メルテザッカーはセンターバックとして縦パスの成功率が93%にも達した」

これは幸運でも偶然でもない、とジーゲンタラーは補足した。緻密な計画に取り組んだ成果だった。

「目標を定め、コンセプトを掲げ、戦略的に突き詰めていく。監督が示すことに、みんながついていった」

データもドイツが素晴らしいサッカーをしたことを証明していた。パススピード、ボール奪取、切り替えの早さに関して、ドイツは高い数値を叩き出した。

レーヴは説明する。

「W杯の出場国の中で、もっともファウルが少ないのはドイツだった。さらに私たちは1対1の局面でもっともボールを奪ったチームで、もっとも少ない秒数でゴールに迫ったチームだった。ボールコンタクト数もトップレベルだった。

また、ボールを受けてからパスを出すまでの時間は、２００５年の段階でドイツは平均2・8秒だった。プレーが遅く、時間を浪費してしまっていた。それがユーロ２００８では１・８秒に縮まった。そして２０１０年Ｗ杯では１・１秒になった。イングランド戦とアルゼンチン戦だけで言えば０・９秒だ。スペインだけが私たちをわずかに上回った。走行距離に関しては、スペインとウルグアイとともにトップグループに入った。ドイツ選手平均は12・９キロメートルだった」

絶え間ないサッカーの向上は、レーヴに自信を与えた。スペインだってタイトルを取るまでに何年もかかったのだ。

南アフリカＷ杯を制したスペインから学ぶべきは、シャビやイニエスタのような偉大なプレーヤーが、ひたすら謙虚にうぬぼれることなくプレーしていることだ。

長年にわたるコンセプトの一貫性――それがスペイン成功の鍵であるとレーヴは考える。ひたむきな練習を続ければ、スペインのようになれるかもしれない。高度なレベルの基礎が身についていれば、もっとチーム力の向上に時間を費やせるだろう。

レーヴは2年後、または遅くとも4年後に、ドイツ代表は大きな飛躍をとげると予測した。

「今後、楽しいことがたくさん起こると確信している。このチームは２０１２年または２０１４年に、タイトルを獲ることができるはずだ」

もちろん足踏みするつもりはない。ジーゲンタラーのＷ杯分析によると、個々の能力がこの先さらに重要になるという。ほぼすべてのチームが一定の組織力を身につけ、守備に穴ができづらくなってきたからだ。

「ここ最近、組織としてのプレーに重きが置かれ、個人が疎かになっていたというのが私の印象だ。一人ひとりのテクニックを、さらに上げなければならない」

大会後、レーヴと選手たちは心地よい余韻を味わっていた。タイトルはなかったが、様々な賞を手にしたからだ。

10月、ドイツ連邦大統領のクリスティアン・ボルフは、レーヴに連邦功労十字勲章を授け、代表チームはシルバー・ローリエを受賞した。

ドイツ最古のメディア賞の『バンビ』は〝7月の栄誉賞〟をレーヴとコーチ陣に贈った。

クリスマスの時期になってやっとブームが落ち着いてきた。そしてレーヴは故郷フライブルクに戻り、一人で思いを巡らす余裕ができた。２００６年のときのように感動が押し寄せてきた。

「シチリアでの準備合宿から始まり、南チロル合宿を経て、南アフリカW杯の舞台に立った。鳥肌が立ち、目から涙が溢れ出ることさえあった」

南アフリカW杯を経験して、レーヴはあることを決意した。

「年明けから私は煙草をやめる。今、私には本当の規律が必要だ」

新たな戦いに向けて、監督自らが生まれ変わろうとしていた。

多国籍から成るチームであることを誇りにした。ルーツに関係なく、チームスピリットに溢れ、寛容さという点でもお手本になるチームだった。

■選手は自分をひとつの会社として考えるべき

2006年W杯前、クリンスマン監督は選手たちにこう投げかけた。

「いいか、これはお前自身の人生だ！　これはお前自身のW杯なんだ！　チャンスを無駄にするな。あとで『もっとやっておけば良かった』という愚痴をこぼさないように、もっともっと練習に取り組もうじゃないか」

レーヴも考えは同じだ。

自らが監督になると、個別トレーニングが全員に課された。モットーは「自分をひとつの会社だと思え」だ。

代表のミーティングにおいて、レーヴは各自に弱点の克服を求めた。そうすれば自ずとチームのクオリティが上がると。選手たちはクラブに戻ると、週に4、5回、約30分の個人トレーニングを行なうようになった。

レーヴは言う。

「クラブの通常の練習への影響はない。選手が伸びれば、それはクラブにとってもメリットになる」

レーヴは選手たちに質問用紙を配り、「普段どんな練習をしているか」を書かせた。何が足りていて、何が不足しているかを調べ、各自に合わせたメニューを作るためだ。

レーヴは選手を代表候補として目をつけた選手に、しばしば電話でこう告げた。

「私が見る限り、君の強みと弱点はこれだ。ぜひオフの日にも課題に取り組んでくれ。そうすれば君はドイツ代表に入ることができる。準備はこの瞬間から始まっているんだ」

選手の技術と戦術を改善するために、さらに各自に特化したDVDを作成した。

「今の若者たちは、動画のほうがイメージに残りやすいからだ」

DVDに収められているのは、ランニングコース、パスの連携、クロス、競り合いなどの各自の成功例と失敗例だ。そして、それぞれについて世界トップレベルのプレーも入っている。言うまでもなく、自分と世界を比較させるためだ。

その課題がブンデスリーガの試合で改善されているかがチェックされ、次に代表で集まったときに還元される。そして、また新しいDVDが渡される。代表で行なった重要な戦術練習も、あとで復習できるように録画して配った。

2007年秋、レーヴはユーロ2008に向けて、個々の選手にハンドブックを配った。A5サイズのルーズリーフで、サッカーに関する評価とパーソナリティに関する評価が書かれていた。

それに加えて、約8分間のDVDが配られた。そこには代表の試合における各自の弱点が露呈したミスシーンが収められていた。

「これをどう受け取るかは君たちしだいだ」

レーヴは選手たちにそう告げた。

「どう毎日を過ごすか、それはすべて君たちの自己責任である」

たとえばある選手のハンドブックに書かれていたのは、「ニアポストへ鋭くゴロのセンタリングを上げてほしい」ということだった。

レーヴは南ドイツ新聞のインタビューで、「選手＝会社」という考えについてこう説明した。

「会社にたとえるのは、選手は自分でキャリアのプランを立てなければいけないからだ。どんな道を歩みたいのか、明確でなければならない。そして、それを実現するための環境を自分で整える必要がある。人はイエスマンだけに囲まれたらダメになる。鏡を差し出してくれる人が必要だ。つねに良くなろうという向上心を持たなければならない」

たとえばポドルスキは、自らの力で「会社」を立て直した選手だ。

バイエルンのマネージャーを務めていたへーネスが「ポドルスキはすぐに満足してしまう」と嘆くように、向上心に欠ける部分があった。だが、あるときポドルスキはレーヴに、「自分の弱点を補ううえで模範となる選手の映像がほしい」と頼んだ。レーヴはすぐにＤＶＤを用意した。

「ポドルスキは他者に耳を傾ける大切さに気がついてくれたんだ」

レーヴはフィジカルが不十分なマルセル・ヤンセンに対して、もし今後も代表に呼ばれたいなら、オフ期間もトレーニングを続けるよう指示した。ヤンセンは夏休み中にアメリカに飛び、フィットネスコーチの集中メニューに取り組んで課題を克服した。

レーヴの働きかけによって、ドイツ代表選手たちは技術・戦術・フィジカルが向上しただけでなく、セルフマネジメントという武器も手にすることができた。

ポドルスキは向上心にやや欠けるきらいがあったが、レーヴの働きかけによって、セルフマネジメントができるようになった。

第11章

見えはじめたタイトル

ユーロ2012に向けた予選が始まっても、代表のサクセスストーリーは終わることはなかった。ベルギー（1対0）、アゼルバイジャン（6対1）、トルコ（3対0）、カザフスタン（3対0）に4連勝。13得点1失点。非の打ちどころがない成績である。

この中のハイライトは、2010年10月のトルコ戦だった。ベルリンのオリンピア・シュタディオンに国内外からたくさんのトルコ人が駆けつけ、まるでアウェーのような雰囲気の中で行なわれた決戦だ。

注目されたのは、トルコ移民2世のエジルだ。ドイツの2点目を決めたとき、両親の母国の人たちを気遣うように喜びのパフォーマンスを一切しなかった。

試合後、メルケル首相がロッカールームを訪れ、こう声をかけた。

「あなたにとって大変な日だったのでは。ブーイングの中、立派にやってのけたわね」

ドイツは移民系選手たちの成長により、さらにチーム力を上げつつあった。そしてエジルがその象徴になっていた。

育成改革による新しい世代の登場

ユーロ2012に向けて、レーヴは引き続き若手発掘のプロジェクトを続けた。ベルリンでのトルコ戦では、欠場したシュバインシュタイガーの代わりに、20歳のクロースを抜擢した。

2010年11月のスウェーデンとの親善試合では、好調のドルトムントとマインツから、フンメルス、シュメルツァー、グロースクロイツ、ゲッツェ、ホルトビー、シュールレを選出した。20歳のホルトビーや21歳のマリンが先発し、ドイツの先発の平均年齢は、歴代2番目に若い23歳217日だった。

レーヴは試合後に宣言した。

「ユーロ2012と2014年W杯に向けて、さらにライバル争いを加速させていきたい」

当然、引き続き重視するのは、経験ではなく、クオリティとテクニックである。

「年齢が18歳で、さらにブンデスリーガの出場数が10試合しかなくても、ゲッツェのような才能があれば関係ない。私は選手を見るとき、何をできるのか、どんな可能性を秘めているのかを見定める」

レーヴが目をつけた若者たちは、それぞれ明確な武器を持っていた。

「フンメルスは自分をしっかり持っており、年齢のわりに成熟している。シュールレはスピードがあって、大胆さがある。そして中でも驚かされるのはゲッツェだ。もう2、3年も代表でやっているかのように、すぐにチームに馴染んだ。自信に溢れていて、技術の安定感とアイディアの豊富さに衝撃を受けた。偉大な才能の持ち主であることは間違いない。とてつもない伸び代を持っている」

才能あるタレントが次々に現われたのは、これまで何度も書いてきたように2000年以降の各クラブやドイツサッカー協会による育成改革のおかげだ。育成センターが作られ、各クラブが下部組織を整備し、指導者への講習も改善された。

レーヴはそれに加えて、ドイツサッカー界の意識の変化も相乗効果をもたらしたと考えている。以前なら優秀なタレントがいても、なかなかクラブで起用してもらえず、成長する機会を逃してしまっていた。だが今ではどのクラブも若手にチャンスを与えるようになった。

ユーロ2008の決勝戦で、ドイツの先発11人の平均年齢は28歳だった。それが2010年W杯では25歳になった。もはや23歳の選手が19歳の選手に追われる時代になったのだ。

ただし、相変わらず左サイドバックとFWは人材が不足していた。

ラームが右サイドバックに移動して以来、左サイドバックは絶対的な選手がいなかった。FWはクローゼ、ゴメス、ポドルスキ、カカウ、キースリングがいたが、満足できる陣容ではない。

アンダー年代を見渡しても、この2つのポジションは有望なタレントはおらず、当分人材難に悩まされることが予想された。

この厳しい競争から、完全に脱落してしまったのが、ケガによって2010年W杯に出場できなかったバラックだ。調子を取り戻すために古巣のレバークーゼンに移籍したが、34歳の元キャプテンが再び代表に呼ばれることはなかった。

目先の結果ではなく未来への投資を

多くのコメンテーターは、バラックのような強いメンタルを持つリーダーが必要だとレーヴを批判した。確かに2010年W杯のスペインとの準決勝で、バラックのようなエネルギーを持つリーダーがいたら流れを変えられたかもしれない。

2006年W杯と2010年W杯で3位になり、ユーロ2008では準優勝だった。あと一歩のところでタイトルに手が届かないのは、闘争心や激しさが欠けているからだ、という意見が出るのも当然だった。

それでもレーヴはフィロソフィーを曲げなかった。

「自分はタイトルと感動、その両方をもとめている。チームの成長やサッカースタイルは、私にとってとても重要だ。相手の良さだけを消して優勝しても、私は嬉しくない」

だが、頂点のすぐそばまで来ているだけに、ファンとメディアもこの言葉に不満を感じた。優勝するまでに、あとどれくらい待たなければならないのか？　と。

そういう人たちが反証として持ち出したのが、クロップ率いるドルトムントだ。

就任3年目にチームは覚醒し、2010－2011シーズンにブンデスリーガで優勝を果たした。

レーヴも「ドルトムントはボールを奪ってから素早くシュートに持っていくことができる」と絶賛していた。

「これまでドルトムントは勝ち切れない試合があったが、今はしっかり勝利を掴めるようになった」

では、ドルトムントのスタイルを代表に持ち込むことはできないのだろうか？　スペイン代表がバルセロナの選手を中心にしているように。

ドルトムントはブンデスリーガにおいて、見事なカウンターサッカーでバイエルンを3対1で打ち負かした。ならば、バイエルンの選手を中心にするのではなく、ドルトムントの選手を中心にしてみてはどうだろう。

それでもレーヴは、美しいサッカーを追求することがスペインを倒す近道だと信じていた。

2011年に入ると、親善試合がさらなる批判を引き起こした。

3月にオーストラリア相手に、若手をテストしたドイツは1対2で敗戦。メンヘングラッドバッハのスタジアムに、ブーイングが鳴り響いた。

レーヴは「ファンの気持ちはわかっている」と前置きしたうえで、こう説明した。

「私はもう何年も前から、気がついている。2011年のようなW杯とユーロの狭間の年において、親善試合にどんな意味があるのかと。私はどの選手がビッグトーナメントで戦力になるかをテストしているんだ」
選手の成長のために、目先の結果にとらわれず、未来への投資をすることに意味がある。レーヴはそう信じていた。

チームの基準を下げない

ユーロ2012年の前年になると、南アフリカW杯で活躍したノイアー、ラーム、シュバインシュタイガー、エジル、ケディラ、ミュラーが中心メンバーになっていた。彼らの座は揺らがない。そこにフンメルス、ゲッツェ、グロースクロイツ、シュメルツァー、シュールレ、ホルトビー、ロイス、ヘベデスといった若手が加わるようになった。

だが、若手が先発に割って入るには、2010年W杯前のエジルとケディラのように、力づくで自分の場所を勝ち取らなければならない。

ブンデスリーガとインターナショナルのトップレベルの試合には大きな格差がある——とレーヴは考えている。

言い換えれば、チャンピオンズリーグといった国際舞台の「ストレステスト」において、力を発揮できることを証明しなければならないということだ。レーヴはチームの基準を下げるつもりはなかった。

「スペインに勝つためには、相当に高いクオリティが必要だ。だから必然的に要求は高くなる。私たちはヨーロッパでナンバーワンになりたいんだ」

11人を超える先発メンバー

ユーロ予選では決して内容がパーフェクトなわけではなかったが、7連勝してグループAの首位を守りつづけた。その結果、残り3試合を残して、早くも本戦出場が決まった。

それでも、スペインにはまだ及ばないという批判が根強くあった。とくにオーストリア戦は終了間際のゴールで勝利したものの、内容が悪く、レーヴ叩きの材料になった。

だが、8月のブラジルとの親善試合が悲観論を吹き飛ばす。ドイツは18年ぶりにブラジルに3対2で勝利。素晴らしい攻撃を見せた。

この試合、ドイツはレアル・マドリー所属のエジルとケディラを欠き、不慣れな4－1－4－1で臨んだ。シュバインシュタイガーが6番の位置に入り、2列目には左からポドルスキ、クロース、ゲッツェ、ミュラーが並ぶ。1トップはゴメスだ。この新システムは流れるような攻撃を生み出し、ピッチを支配した。

レーヴは満足げに言った。

「ドイツが成長していることを証明できた。試合前には批判も聞こえてきたが、選手たちはダイナミックなサッカーを見せてくれた」

レーヴはドイツの育成への確信を深め、アンダー年代の代表監督との会議では、17〜19歳でA代表に飛躍するポテンシャルがある選手の情報を求めた。すでにユーロ2016のことまで視野に収めていた。

気がつけば、レーヴは先発メンバーという概念を持つ必要がなくなっていた。なぜなら先発のポテンシャルを持つ選手の数が11人を超えるようになったからだ。エジルがいなくてもゲッツェがいるし、ポドルスキがいなくてもシュールレがいた。次のステップは、いかにバリエーションをつけるかだった。

スペインを超えるために

2011年11月のウクライナとの親善試合で、レーヴは3バックをテストした。それほどうまく行かず、3対3だったがトライしたことに意味があった。

4日後のオランダ戦は、ベストメンバーで臨んで3対0で勝利した。オランダのファンマルバイク監督は「ドイツは切り替えが早いだけでなく、テクニックもある」と称賛した。

12月上旬、ユーロの組み合わせ抽選会が行なわれ、ドイツはポルトガル、オランダ、デンマークと同組となり、〝死のグループ〟に入ってしまった。

それでもレーヴは一切不安を見せなかった。

「厳しい戦いになるだろう。だが、私たちはグループステージを必ず突破できる」

『キッカー』誌はドイツを優勝候補としてあげ、〝冠のない王様〟であるレーヴを2011年のMVPに選んだ。

「レーヴは心躍るような攻撃的なコンビネーションサッカーで、ファンを感動させるチームを作り上げた。世界中からリスペクトと高い評価を集めた」

また、市場調査会社の『イマス』によれば、レーヴは「好きなドイツ人ランキング」の3位になった（1位はTV司会者のギュンター・ヤオホ、2位は元首相のヘルムート・シュミット）。

レーヴは年明けにこう語った。

「かつてないほどに私たちはタイトルに飢えている」

雑誌『11フロンイデ』のインタビューで、レーヴはスペインに勝つ準備ができていると明かした。

「スペインよりもサッカーの内容を良くしなければならない。アグレッシブさや激しさだけでは、彼らをひざまずかせることはできないからだ。運で勝利できることもあるが、運をあてにしてはいけない。サッカーの質を高めることが、唯一の解決策である」

もはやドイツは切り替えの早さや、奇襲的なカウンターだけに頼らなくていい。コンビネーション、ポジショニング、パスの正確性という点で、確実に進化をとげていた。相手が守備を固めても崩す方法を身につけた。

古典的な6番を2人並べる、従来のダブルボランチはもう必要ない。レーヴは古典的な6番は一人のみにして、そこに攻撃的な選手を組ませるようになった。前線と中盤をつなぎ合わせるのが役目で、レーヴは「リンクマン」と名付けた。

すでにレーヴは、この役目に理想的な選手を見つけていた。トニ・クロースである

第12章

過信がもたらした敗戦

ユーロ2012に向けて、5月11日にサルディーニャ島で合宿がスタートした。だが、集まったのは招集した27名のうち11人にすぎなかった。残りの16人は所属クラブでの試合が残っていたからである。

最初はレーヴも不在だった。5月12日にバイエルン対ドルトムントのドイツ杯決勝があり、それを視察したからである。さらにバイエルンの選手たちは、その1週間後にチェルシーとのCL決勝が控えていた。

ここで恐れていたことが起こる。バイエルンがCL決勝でPK戦の末に敗れ、敗北のショックを引きずった状態で、チームに合流したのだ。ミュンヘンのアリアンツアレナで戦いながら88分に同点に追いつかれ、最後はシュバインシュタイガーがPKをはずしてしまった。

チームはバイエルン勢が合流する前に、サルディーニャ島から南フランスのトゥレットに移っていた。

レーヴは選手たちのコンディションを上げるために、20人以上の専門家を集結させて最高の環境を用意した。

たとえば専門家のエフティミオス・コンポディエタスを招き、カイロプラクティックを発展させたキネシオロジーによって脳を活性化。リラックスのために、ヨガも取り入れた。

睡眠のケアも疎《おろそ》かにしない。発汗を防ぎ、体の再生を早める特別な掛け布団を用意した。

気分転換も欠かさなかった。F1のドライバー、ニコ・ロズベルグとミハエル・シューマッハの2人が新型メルセデス・ベンツのAクラスで乗り付け、数人の代表選手を乗せて18キロメートルのサーキットを走った。

当然、トレーニングにもとことんこだわった。

中でも重点が置かれたのは、相手ゴール近くでボールを失ったときに素早く切り替えることだ。できるだけ早くプレッシングを始め、ピッチの3分の1から相手を出させない。

そのために、こんなメニューを行なった。20メートル×30メートルの小さなフィールドの中に2チームが入り、片方はプレスをかけ、片方はドリブルとショートパスでかわそうとする。ボールを奪ったら攻守交代だ。

攻撃で大事なのは、フレキシブルであることだ。その核となるのがピッチの中央にいる3人である。「流動的な三角形」を作り、攻守の中心となる。エジル、ゲッツェ、シュバインシュタイガーといった選手が流れの中で入れ替わる。彼ら全員の攻撃力を生かすために、誰かを守備に専念させることはない。その分、ＤＦたちは1対1で対応しなければならない場面が多くなるが、それに打ち勝つことが求められた。

こういう戦術練習に時間が割かれ、セットプレーを練習する時間はほとんどなかった。

スイスとのテストに3対5で敗れた2日後、レーヴは最終的なメンバーを発表した。バイエルンから8人、ドルトムントから4人、レアル・マドリーから2人、レバークーゼンから2人という構成だ。

落選したのは、ドラクスラー、テア・シュテーゲン、スベン・ベンダー、カカウだった。

5月31日、イスラエルとの親善試合に2対0で勝利し、ポーランドのグダンスクの高級ホテルに移動した。

ここで選手たちにはおそろいのアームバンドが配られた。ヒンドゥー教に由来するシャンバラと呼ばれるアクセサリーで、ブラッド・ピットやマドンナが愛用する幸運グッズだ。

そしてホテルには「提案の柱」を設け、モチベーションアップの言葉を貼った。

「私たちは団結している。感動、喜び、勝利への欲求がある。そして万全の準備ができている」

“床ずれした”ストライカーのゴール

死の組に入ったドイツの初戦の相手は、クリスチャーノ・ロナウド擁するポルトガルだ。予想どおり、難しいゲームになった。

前半、ドイツがゲームを支配したが、ポルトガルのコンパクトな守備を破れない。後半、ドイツの攻撃の集中力が落ちると、ポルトガルはノイアーを脅かしはじめた。

チームを救ったのは、決して調子が良くなかったゴメスだ。73分クローゼが交代を準備している最中、ケディラのクロスに合わせてゴメスが決勝点を決めた。

終了間際にポルトガルの猛攻を食らって冷や汗をかかされたが、運も味方してドイツは1対0で勝つことができた。

2戦目のオランダ戦の前半は、ドイツはコンパクトで効率的なプレーを見せた。

ゴメスはポルトガル戦後に元ドイツ代表のメーメット・ショルから「床ずれができるかと思うほど動いてなかった」と揶揄されていた。だが、それを見返すかのように、オランダ戦では2ゴールを決めた。

74分にファンペルシーに1点を返されてバタバタしたが、ドイツは何とか逃げ切り、2連勝を飾った。

解説者たちは、レーヴのチームにしたたかさが生まれていると指摘しはじめた。今までのような刺激的で大胆なサッカーはしていないが、明らかに安定感が出てきたと。

ボールロストの直後に素早くプレスをかけることを、レーヴが叩き込んだ成果だろう。DFリーダーになったフンメルスは、こう表現した。

「私たちは攻撃に人数をかけすぎず、守備の安全性を心がけてプレーしている」

グループリーグ突破と采配の的中

グループリーグ最後の相手はデンマークだ。

ドイツは19分にポドルスキのゴールで先制したが、5分後に同点にされてしまった。

後半途中、他会場から連絡が入り、ポルトガルがオランダ相手に逆転ゴールを決めたことがわかった。もしドイツがデンマークに負けると、2勝で3チームが並び、ドイツは得失点差の関係でグループステージで敗退することになる。

そこからヒヤヒヤの展開になったが、80分に右サイドバックのラース・ベンダーが決勝点を決めてようやく安堵することができた。結局、2対1で勝利し、3連勝でグループステージを終えた。

ただし、試合内容に関しては勝ち点9という立派な数字には見合わず、パフォーマンスは決して良くなかった。案の定、記者は悪意のこもった質問をした。レーヴ監督、あなたは理想主義者から

ユーロ2012での対オランダ戦で競り合うラームとロッベン。ドイツがかろうじて逃げ切った。

現実主義者に変わったのでしょうか？　と。

レーヴはムッとして答えた。

「あなたはドイツがコンビネーションサッカーを捨てたと見ているのか？　私の見方は違う。攻めあぐねたのは、相手が引いて守備を固めたからだ。オランダでさえも以前より守備的だった」

レーヴは変わらず攻撃サッカーを志向していることを強調し、新たな戦術の名言を口にした。

「パスが走るコースを定めるのではない。走るコースがパスを定めるのだ」

逆に言えば、エジルの天才的なパスの才能も、チームメイトが走らなければ輝かないということだ。レーヴはボールがないときの動きの質を高めることを求めていた。

レーヴはグループステージをこう総括した。

「どこがうまくいってなかったのか、私にははっきりしている。その解決法も明確だ」


レーヴが何を考えているかは、決勝トーナメント1回戦のギリシャ戦で明らかになった。グループステージ全3試合で先発していたゴメス、ポドルスキ、ミュラーに代わって、クローゼ、シュールレ、ロイスを先発させたのだ。

この采配が的中して、ドイツの攻撃にダイナミクスが戻り、4対2で勝利した。終了間際にハンドでＰＫを与えたのは余計だったが、明らかにドイツは活気を取り戻した。

勇気ある入れ替えによる快勝。レーヴは「魔法の手」を持っていることを証明した。

ユーロ2012での対デンマーク戦でのミュラー。2対1で辛勝し、3連勝でグループステージを終えた。

「ドイツは多くのチャンスを作り出した。4ゴールは偶然ではなく必然だ」

ただし、許せないことがひとつ起こった。先発の入れ替えを、試合の数時間前にメディアにスクープされてしまったのだ。

「いったいなんでそんなことになったのかわからない。選手が代理人に話し、そのルートで漏れたのかもしれない。この事件は、私たちの哲学にふさわしくない。起こってはならないことだ」

スパイがいることに、レーヴの怒りは爆発寸前だった。試合結果に影響しなかったことが救いだった。

完全に空回りした準決勝

準決勝のイタリア戦前、レーヴは自信に満ちあふれていた。

「自分たちの長所を自覚している。ドイツにはイタリアを打ちのめすだけの攻撃力がある」

ドイツにはイタリアに対して苦手意識がある。W杯で7度対戦し、ユーロで一度対戦したが、一度も勝ったことがないのだ。

レーヴに苦い記憶として刻まれているのは、2006年W杯準決勝で延長戦の末に敗れた試合だ。

そのリベンジを果たすときが来た。

幸運のアームバンドをつけた手は、再び大胆な采配を振るった。

ギリシャ戦で素晴らしい動きを見せたクローゼ、ロイス、シュールレをベンチに戻し、ゴメス、ポドルスキ、クロースを先発させたのだ。

ところが、この采配は完全に空回りしてしまう。ポドルスキとゴメスはゴールに絡めず、ほぼ何もできない。クロースはイタリアのゲームを作るピルロのマークを命じられたようだったが、まったく無力化できなかった。

それどころかクロースが真ん中に入ったことで、エジルのコースが消されたうえに、ドイツの右MFに誰もいない状態が生まれた。

戦術の主導権はイタリアの手に渡った。ドイツの右サイドに生まれたスペースを活用して攻撃を仕掛ける。

20分、オーバーラップした左サイドバックのキエリーニが完全にフリーになって、カッサーノにパスするとフンメルスが吊り出された。フンメルスは簡単にかわされてしまい、手薄になった中央でバロテッリが頭で合わせて先制点を決めた。

2点目もイタリアの左サイドから生まれる。自陣でフリーになったモントリーボが前線にロングパス。ラームが判断を誤ってボールに触れず、バロテッリに抜け出されてミドルシュートを決められてしまった。バロテッリはユニフォームを脱いで勝利の雄叫びをあげた。

レーヴはゴメスに代えてクローゼ、ポドルスキに代えてロイスを投入し、攻撃のギアを上げた。

だが、プランデッリ監督は2人を代えて守備を補強。勢いを止められた。

アディショナルタイムにエジルがＰＫで1点を返したものの、1対2で敗れてしまった。

試合後の会見でレーヴはクールに振る舞ったが、キャリアにおいてもっともつらい敗戦にショックをにじませていた。

メディアからは先発を変えたことに非難の声があがった。これまでずっと攻撃的なチームを作ってきたのに、なぜ大一番で相手に合わせるやり方に変えてしまったのか、と。

「守備のところで2度、不注意なミスがあった」とレーヴは敗因を簡潔に述べた。

ゴメスとポドルスキの起用は「練習で調子が良かった」と弁明し、クロースに関しては「中央を補強して、ピルロとデロッシを流れから断ち切りたかった」と説明した。だが、誰もそんな答えでは納得しない。

これまでの称賛が、一気に吹き飛ぶ敗戦だった。

就任以来の最大のピンチ

レーヴは就任以来、最大の逆風にさらされてしまう。

ポーランドのワルシャワからフンラクフルト空港へ戻ったとき、『ビルト』紙のリポーターから失礼な質問が飛んだ。

「代表監督を辞任する考えはありますか？」

失意の監督は戸惑いながら答えた。

「協会との契約はまだ残っている。そんなことは私の頭にない。これまでの道のりは正しかったと確信している。だが、これからどんな新たな刺激があるかを見極めるために、今は少し距離を置きたい」

レーヴが公の場から数週間姿を消している間、容赦のない批判が始まった。

もはや問題になったのは、イタリア戦の采配ミスだけではなかった。たとえば、調子がいい選手を使うと言っておきながら、精彩を欠いたシュバインシュタイガーにこだわったことが批判された。また、チームにリーダーがいないという定番の批判もぶり返した。若い選手たちは甘やかされており、闘争心がなく、ドイツの伝統が忘れられているという非難も繰り返された。

もはや言いがかりにすぎないが、移民系選手が国歌を歌わないことにも批判の声があがった。

そしてすべてがこの疑問に集約された。

レーヴでは優勝できないのではないか？


ユーロの準決勝敗退の46日後――。

8月中旬のアルゼンチンとの試合に向けて、レーヴは記者会見を開いた。そして約30分間にわたり、しっかりと準備した演説を行なった。

真摯に、決然と、強気に、ときどき声を強めて、ユーロ後に湧き起こった批判に対して反論した。

「これらの批判は何も生み出さない。私を疲れさせるだけだ。たとえ私が国歌を歌わなくても、戦う気持ちとは関係ない。歌うことを義務づけるつもりもない。多くのチームには古典的なリーダーがいるが、そういうチームは私たちよりずっと先に大会を後にしていた」

サッカーに関する批判にたいしては、謙虚に受けとめていると語った。

だが、イタリア戦の采配ミスは認めなかった。相手に合わせすぎたことはない、と。

「明確な戦略プランがあったし、先発を変えるリスクも自覚していた。自分たちの強みを生かせなかっただけだ」

記者たちは、レーヴから自己批判を引き出すことはできなかった。監督は自分の道を守りつづけた。

そして小さな修正はあったとしても、長期的なコンセプトはさらに貫いていくと宣言した。

「世界のトップと差は縮まりつつあるんだ」

誰もが気がついていた問題に、レーヴは触れなかった。

チームの雰囲気のことだ。すでに大会中、チームワークが乱れていると噂されていた。ギリシャ戦の先発漏洩は氷山の一角にすぎない。

9月末、南ドイツ新聞のインタビューで、シュバインシュタイガーは当時のチームの雰囲気に不満を漏らした。

「バイエルンには素晴らしい団結力がある。たとえばゴールが入ったとき、ベンチにいる選手は一人も残らず飛び上がって喜ぶ。それに対して、ユーロのときのドイツ代表は違っていた。全員が飛び上がっていたわけではなかった」

タレントが増えたことで生まれた「派閥争い」という新たな問題に、レーヴは向き合わなければならなかった。

第13章

不安の残るW杯予選

もはやメディアもファンも望みが高くなり、ただの勝利では満足できなくなっていた。２０１４年W杯予選が始まると、第2戦目にして批判の声が上がってしまう。

２０１２年9月7日のフェロー諸島戦は順当に３対０で勝利したが、４日後にオーストリア相手に苦戦してしまったのだ。結果こそ2対１で勝ったものの、内容は芳しくなかった。

『キッカー』誌は「救いようがない」と専門誌らしい辛辣な見出しをつけた。

「ドイツは高い位置でのプレッシングを標榜しながら、逆にそれをオーストリアにやられてしまった」

さらに大きな批判が沸き起こったのが、10月16日のスウェーデン戦だ。ベルリンのスタジアムで、56分にエジルのゴールが決まり、４対０にリードを広げた。楽勝ムードが漂っていた。

だが、そこから試合は急展開する。62分のイブラヒモビッチのゴールが崩壊の号砲だった。そのあとに3ゴールを奪われて、４対４で試合終了のホイッスルが鳴った。

悔やまれたのは4対２になったときに、ゲッツェに代えてミュラー、ポドルスキに代えてロイスを投入したことだ。もしここで守備的な選手を入れていれば、失点は防げたかもしれない。レーヴの采配に疑問が投げかけられた。

レーヴは「ショックを隠せない」と落ち込んだ表情で語った。

「リードしていたら、試合を終わらせることを学ばなければならない。私たちは集中していれば、想像できないほどハイレベルのサッカーをできる。だが気が緩むと、こんなことが起こる。この試合を教訓にしなければならない」


2012年が終わろうとするとき、レーヴはユーロ準決勝でのイタリア戦の悪夢を忘れられないと告白した。

「夜、あの試合の夢を見て、目が覚めることがあるんだ」

夢の中で、レーヴはイタリアに何度も敗れた。これ以上の悪夢はない。

そして、ついにイタリア戦の先発変更が間違っていたことを認めた。

「今の知識があれば、イタリア戦には他のメンバーを先発させていただろう」

4対0から追いつかれたスウェーデン戦も反省した。

「このチームは攻撃に酔って、危険信号が点滅していることを気がつかないときがある。これからは賢く、客観的視点を失わずにプレーしなければならない。90分間つねに輝いている必要はない」

それでも2014年W杯に向けて、チーム作りは順調に進んでいると考えていた。2012年は学びの年になったからだ。

「試合中に相手がシステムを変えたときに、私たちのチームは問題が起きやすい。試合中にベンチからボディランゲージで指示を伝えることも考えている。どんな挫折にもポジティブな面はある。痛みは人を成長させるんだ」


２０１３年はスタートから追い風に乗った。

２月にフランスとの親善試合に2対1で勝利し、W杯予選ではカザフスタンにホームとアウェーで連勝。結局、W杯予選はスウェーデンと4対4で引き分けた試合以外は全勝し、9勝1分という圧倒的な成績だった。

ただ、依然として粗《あら》を探すメディアが存在した。

とくに批判が高まったのは夏以降だ。

6月には若手中心のメンバーでアメリカに遠征して、クリンスマン率いるアメリカ代表に3対4で敗れた。そして8月、パラグアイと親善試合を行なって3対3で引き分けてしまった。前半の立ち上がりには0対2にリードを広げられ、またしても守備の不安定さを露呈してしまった。

レーヴの戦術は攻撃的すぎる——。

強豪相手と試合をしたときに、はたして守備は堪えられるのか、いまだに疑念は晴れなかった。

万全の暑さ対策とルームシェア

２０１３年6月、ブラジルでコンフェデレーションズカップが開催された。ユーロの準決勝で敗れたドイツは出場権を得られなかったが、スカウト主任のジーゲンタラーがブラジルを訪れ、ライバルたちを偵察した。

ジーゲンタラーは重大な傾向に気がついた。『SZ』紙のインタビューでこう語った。

「今回のコンフェデにおいて、走力が必要なパワーサッカーを展開できたチームはいなかった。ブラジル特有の気候条件は、ヨーロッパ人に大きな挑戦を突きつけるだろう。アマゾンに位置するマナウスで試合をする可能性がある。もしかしたら灼熱の昼の試合になるかもしれない。普段どおりのサッカーをしたら、早期敗退もありえる」

ジーゲンタラーは高温多湿の環境は南米勢にとって有利になると予想した。

「疲労が重大な問題になりそうだ。どうやって回復するか？　この気候に対応できるチームが大会をリードするかもしれない。移動のストレスも克服しなければならない」

12月初旬にW杯抽選会が開かれた。

ドイツはアメリカ、ポルトガル、ガーナと同じG組に入り、試合会場はフォルタレザ、レシフェ、サルバドールに決まった。

どの都市も北ブラジルに位置しており、熱帯性気候のエリアである。W杯の時期にブラジルは冬だが、これらの都市は高温多湿の気候が予想された。

さらに気がかりは、13時、16時（ヨーロッパ時間は18時、21時）という早い時間のキックオフになったことだ。気温は30度、湿度は80度を超えるだろう。そこに長距離移動による負荷も加わる。「疲労との戦いのW杯」、「精神力のW杯」という表現を使って、レーヴは注意喚起した。ドイツ代表は万全の「暑さ」対策を取ることになった。

本大会では約40名のスタッフが帯同して、疲労を効果的に回復させるのを手伝うことになった。鍵になるのは負荷のコントロールである。

2001年から代表チームドクターを務めるティム・マイヤーは、氷風呂に入るケアにゴーサインを出した。それによって本大会中、選手はレーヴが求めるハードなトレーニングを行なうことができた。

レーヴはもともと、涼しい気候の都市にW杯中の拠点を置きたいと考えていた。望んでいたのはイトゥとサンパウロだ。

だが、グループステージの試合が北東の都市で開催されることになり、計画を変更した。試合会場と似た気候で、さらにできるだけ移動が少ない場所を徹底的に探した。

その結果、海沿いのサント・アンドレで建設中だった施設に白羽の矢が立った。リゾート地のポルト・セグーロやバイア州の地方空港から約30キロの場所だ。施設の名は『カンポ・バイア』と言い、ドイツの不動産財団によって建設が進んでいた。代表マネージャーのビアホフは「スポーツリゾートとして理想的」と評価し、トレーニング場とメディアセンターを建設する約束を取り付けた。

この施設は小さなフェリーでしかいけない場所にあるが、それでも最高の候補に思われた。静けさ、非公開にできる練習場、空港へのアクセスの良さなど、レーヴが望んだものがすべて整っていた。

宿にはチームワークを高めるために工夫が凝らされた。ドイツ代表の歴史上、初めて選手ごとの完全個室にせず、コテージでの共同生活形式を採用したのだ。ベッドルームは各自個室だが、リビングルームは共用である。

ユーロ2012のときはバイエルンとドルトムントの選手同士の軋轢や、先発メンバーとベンチメンバーの乖離《かいり》を未然に防げなかった。

それを未然に防ぐために、レーヴはコテージごとに4人の責任者を抜擢した。キャプテンのラーム、副キャプテンのシュバインシュタイガー、メルテザッカー、クローゼの4人だ。

できる限りひとつのコテージに、異なるタイプの選手を組み合わせるようにした。主力とサブもミックスした。これなら出番の少ない選手も、一体感を失わずに済むだろう。

W杯直前の誤算と混乱

W杯へのカウントダウンが始まったとき、ドイツ代表に気がかりだったのは、あまりにもケガ人、もしくはケガ明けの選手が多かったことだ。クローゼ、ケディラ、ゴメス、シュバインシュタイガーは、ベストコンディションからは程遠かった。背中を痛めていたギュンドガンが出場できるチャンスはほぼゼロだった。

状態が未知数の選手も含め暫定メンバー30人が発表された。サプライズはゴメスの落選だった。レーヴはこう説明した。

「ゴメスは7カ月も怪我をしており、9月からたった280分しかプレーしていない。ブラジルの過酷な環境では耐えられないと考えた」

しかし、十字靭帯断裂から練習に復帰したばかりのケディラはメンバーに選出した。

「彼は意志が強く、チームにいるだけでプラスの影響がある。ビッグトーナメントではカリスマ性、経験、自信が大事だ。W杯までには間に合うと信じている」

小さな驚きは、ボルシア・メンヘングラッドバッハのクリストフ・クラマーが合宿のメンバーに選ばれたことだ。ポーランドとの親善試合での動きが評価されて、急遽メンバー入りした。

こうして27名のメンバーが5月21日に合宿地、南チロルへと出発した。

南チロルの天気は悪く、ラーム、シュバインシュタイガー、ケディラなど、多くの選手のコンディションが上がらず、さらにGKノイアーがドイツ杯決勝で肩を故障してホテルで治療しなければならなかった。

そんな中、オーストリアのアルペンスキーのスター、ヘルマン・マイヤーが訪れ、チームに新鮮な空気を送り込んでくれた。

この長野五輪の金メダリストは、選手たちの前で自らの体験をスピーチした。理想的な状況で滑走できるのは稀で、いかに劣悪な環境で理想的なパフォーマンスを出せるかがアスリートにとっての醍醐味だと。

しかし、相変わらずドイツはケガの連鎖に悩まされ、レバークーゼンのラース・ベンダーが練習で負傷して、チームから離脱してしまった。レーヴは右サイドバックもできる守備のオールラウンダーを失った。

南チロルの合宿が終わり、5月31日にカメルーン代表と親善試合を行なった。ノイアーはまだ肩のケガが癒えず、バイデンフェラーがゴールを守った。試合は2対2の引き分け。ところどころ光るプレーはあったが、全体的にはあまり良くなかった。

カメルーン戦の翌日、ムスタフィ、フォランド、シュメルツァーがメンバーから落選した。ドルトムントでシュメルツァーがケガで離脱中、代わりに左サイドバックに入ったのがドゥルムだった。

レーヴは2人を見比べ、よりコンディションがいいドゥルムを優先した。

6月6月、ブラジルへの出発の直前、マインツでアルメニアとの親善試合が行なわれた。ドイツは圧倒し、6対1で勝利した。

だが、この試合で再びケガ人が出てしまう。ロイスが左足を捻って、プレーの続行が不可能に。検査の結果、足首の靭帯の部分断裂と診断され、W杯は出場できなくなってしまった。

代わりとして急遽、落選したDFのムスタフィが呼び戻された。なぜロイスと同じ攻撃の選手ではないのかと驚く記者陣に、レーヴはこう説明した。

「ドイツの2列目のクオリティは高い。守備のオプションを増やすほうが大事だと考えた」

6番ラーム、そして偽9番の起用

選手たちはフランクフルトから、ルフトハンザが用意したブラジル行きのチャーター便に乗り込んだ。

ユーロ2012のときとは違い、誰も幸運のブレスレットを身につけていない。レーヴはブラジルW杯に向けて、そういう派手な仕掛けを一切排除していたからだ。

ただし、選手たちはレモンのアロマが染み込んだバンドを手首につけていた。これはチームドクターのティム・マイヤーが搭乗前に配ったもので、ブラジルでの蚊除けグッズだ。

「拍手で見送られ、いい雰囲気でブラジルに向かえる」と、レーヴは空港でコメントした。ただし、あまり機嫌は良くなかった。ピリピリしており、『キッカー』誌は「W杯を挑戦ではなく負担と感じているようだ」と指摘した。監督人生最後の闘いに向かうかのようだった。

一部のメディアは、レーヴへの批判を続けていた。おそらくレーヴの監督就任以来、これほど人気が落ちたことはなかっただろう。世間では、W杯で優勝できなければ失敗というムードが漂っていた。

W杯直前にもっともメディアで議論されたのは、センターフォワードに誰を起用するかということだ。

メンバー入りした純粋なストライカーはクローゼのみで、フォラントが直前に落選。キースリング、クルーゼ、ゴメスは予備登録の30人にすら入らなかった。

代わりにレーヴが考えていたのは、〝偽9番〟を起用するプランだ。偽9番システムとは、本来はMFの選手をセンターフォワードの位置に起用することだ。MFタイプが最前列で自由に動き、攻撃がフレキシブルになることが期待される。

レーヴは言う。

「サッカー界は進化しつづけている。その成長に気がつき、対応した者だけが王者になるチャンスを得る」

レーヴはゴール前で俊敏な選手が鍵を握ると考えていた。

「通常、DFラインには背が高く、フィジカルが強い選手が並んでいる。その壁を壊すには、小さくてフレキシブルで俊敏で技術があり、なおかつ最適な攻撃のコースを見つけ出す選手が効果的だ。背の高いDFに対して、ハイボールはそれほど効果的ではない」

ドイツにおける偽9番の候補は、ゲッツェ、エジル、シュールレ、ミュラー、ポドルスキ。純粋なセンターフォワードに比べて、攻守の切り替えが早くなることも期待できた。

だが伝統的にストライカーの力でW杯優勝を勝ち取って来たドイツでは、懐疑的な見方が強く、『キッカー』誌は「偽9番でW杯を勝ち上がれるかはわからない」と書いた。

守備的MFのポジションも議論の対象になった。

ずっとダブルボランチを組んできたケディラとシュバインシュタイガーはコンディションが芳しくなかった。それを受け、ラームが一人で中盤の底を務めることになった。いわゆるアンカーだ。ラームはW杯の1年前、バイエルンのグアルディオラ新監督からアンカーに抜擢され、この新たなポジションで才能を開花させていた。

レーヴは守備的MFに高度なフレキシブルさを求めていた。

「ただ守備の仕事をこなすだけで、パス回しに関与しないような守備的MFは必要ない。ポジションチェンジでゴール前に行くことができ、ボール扱いがうまく、技術のある選手がいい」

では、誰が代わりに右サイドバックに入るのか？　シャルケのヘベデスが候補になると思われたが、左サイドバックも人材難に悩まされていた。すでに書いたようにドルトムントのシュメルツァーが落選し、同じくドルトムントのドゥルムしか候補がいなかった。

大会に向けてオプションを増やす必要があった一方で、もともと持っていた良さを取り戻すことも課題だった。

分析の結果、4年前の南アフリカW杯でうまくいった守備から攻撃への切り替えの早さが、失われつつあることがわかったのだ。

レーヴは注意を呼びかけた。

「素早く切り替えて、すぐに相手ゴールに到達するという動きが、この数カ月できなくなっていた。ブラジルの高温多湿な気候条件では、切り替えがさらに重要になる。90分間試合を支配するのは難しいからだ。守備が整ったチームを崩すには、ラスト3分の1に人数を割かなければならない。そこでボールを失ったときにすぐに奪い返しに行くこともできるが、ブラジルの気候では難しい。そうではなく、一度自陣に戻り、逆にカウンターを仕掛けるために相手を誘い出さなければならない」

とにかくはっきりしていたのは、レーヴが誰を先発に選び、どんなサッカーをするのか、世間は最後までわからないということだ。

ケガ人、暑さ、揺れる戦術、そして大きすぎる期待――。とてつもなく難しい大会がレーヴを待ち受けていた。

第14章

パーフェクトマッチの夢

クローゼ、クロース、バイデンフェラー、シュールレ、ゲッツェ、ムスタフィの共通点は何か？

そんな質問をW杯前にされても、ファンは答えに窮しただろう。

W杯が始まると、答えが明らかになった。これは選手23人を4つのコテージに分けたグループのひとつだった。

4つの中でもっとも興味深いのは、シュバインシュタイガーが管理人を務めたグループだ。3つの犬猿の仲のクラブが2名ずつが入っていたからだ。

バイエルンから2名（シュバインシュタイガー、ノイヤー）、ドルトムントから2名（グロースクロイツ、ギンター）、シャルケから2名（ドラクスラー、ヘベデス）の6人の共同生活が始まった。

コテージ形式の環境が、これほどチーム作りにプラスに働くとはレーヴたちも予想していなかった。組み合わせを工夫することで、派閥が弱まったのだ。コーチのフリックは「選手同士で話し合う機会が増えた」と喜んだ。

レーヴも自らの発言に最新の注意を払った。「決まった先発メンバーはいない」と前置きしたうえで、「23人の力が必要だ。全員が準備できていなければならない」と強調した。もちろんこれは出番が多い選手と少ない選手の溝を埋める意図があった。

選手に対して、メディア教育をあらためて行なった。ユーロ2012のときのように、先発メンバーが漏れるのを防ぐためだ。

合宿地『カンポ・バイア』では選手の携帯電話が没収され、代わりにチームが用意した携帯電話が配られた。フェイスブックやツイッターに何を書いていいか、書いてはいけないかの説明を行ない、その前提のもとにソーシャルメディアの使用が許可された。

『カンポ・バイア』には、リラックスの場がたくさんある。選手たちは練習以外の時間に、プライベートビーチやプールで過ごすことができた。

気晴らしのイベントも用意された。

6月10日、冒険家のマイク・ホルンが『カンポ・バイア』を訪問。この南アフリカ生まれのスイス人がチームワークの大切さを講演し、それからみんなでゴムボートに分かれて海に繰り出し、ホルンが所有する35メートルのヨットに乗り込んだ。

船には3つの帆があり、2人一組でそれぞれの帆のクランクを巻き上げる係になった。選手たちが力を合わせてクランクを巻き上げる姿は、まさにメルセデス・ベンツ社がCMで用意したドイツ代表のW杯モットーそのものだった。

「最高の準備ができている」(Bereit wie nie)

グループGの中で、ドイツは突破の最有力候補と見られていた。

ただし、決して簡単な組ではなかった。シャルケのケビン・ボアテンがいるガーナは不気味な存在だ。クリンスマン率いるアメリカはフィジカルが強く、闘争心がある。何よりレーヴと選手たちにとって元監督との戦いだ。

「私たちの友好関係には何も影響することはないよ」とレーヴは言ったが、意地がぶつかり合う試合になることが予想された。

6月16日、初戦の相手はポルトガルだ。経験豊富で技術があり、言うまでもなくクリスチャーノ・ロナウドがいる。勢いに乗るためにも、初戦に勝つことが求められた。

順調に予選リーグを突破

サルバドールでのポルトガル戦の1トップに、レーヴはクローゼではなく、偽9番のミュラーを起用した。これは想定内である。

サプライズは左FWにポドルスキでもシュールレでもなく、ゲッツェを選んだことだ。

中盤には、クロース、ラーム、ケディラを組み合わせた。シュバインシュタイガーはまだ完全にフィットしておらず、起用が見送られた。センターバックのコンビは、メルテザッカーとフンメルスだ。

右サイドバックにはボアテンを置き、左サイドバックにはヘベデスを抜擢した。これによって4バックを構成するDFの全員が、センターバックとしてプレーできる面子になった。

試合はゆっくりとしたリズムで始まったが、開始12分、早速ゲッツェがファールを受けてPKをゲット。ミュラーが左隅に決めて、ドイツが先制に成功した。

さらにクロースのCKをフンメルスが合わせて2対0に。ブラジルW杯に向けて、ドイツはかなりセットプレーの練習に時間を割いてきた。それまでは軽視していたが、フリックの提案によってセットプレーの練習を増やしたのだ。前半終了間際にミュラーがミドルシュートを決めて3対0。これでポルトガルは戦意を喪失した。後半、さらにミュラーが決め、ドイツは4対0で幸先のいいスタートを切った。

ミュラーがハットトリックを達成したことで、もはや偽9番を疑うものはいなくなった。

レーヴは誇らしげにコメントした。

「ミュラーは攻撃面で素晴らしい動きを見せた。チームはコンパクトさを保って縦に速く攻め、相手にカウンターのチャンスを与えなかった。後半はボールをキープすることができた」

W杯を戦ううえで、理想のフォーメーションが見つかったように思われた。続くフォルタレーザでのガーナ戦も、レーヴは同じ先発メンバーを選ぶ。

ところが、試合はまったく異なる展開になった。テンポを作れず、横パスが多く、ダイナミクスさを失っていた。ガーナはプレスをかけても動じず、疲れを見せずに繰り返し守備に戻った。気温30度、湿度60％という気候条件も味方につけ、明らかにガーナが優っていた。

後半、レーヴは右サイドバックのボアテンを下げて、ムスタフィを投入した。ボアテンが足の筋肉の痛みを訴えたからだ。51分、ミュラーのクロスから、ゲッツェが押し込んで先制に成功した。

しかしわずか3分後、ガーナに反撃を許してしまう。クロスに対してムスタフィがジャンプできず、アンドレ・アユーの同点ヘッドが決まった。さらに63分、調子の上がらないラームのパスがカットされて、ギャンに豪快な逆転ミドルを決められた。

これを受けてレーヴが動く。ゲッツェを下げて、唯一のストライカーのクローゼを投入した。さらにケディラに代えて、シュバインシュタイガーがピッチに立った。

ドイツを救ったのは、セットプレーだった。クロースのCKをヘベデスが頭でそらし、ファーポストにつめたクローゼが押し込んだ。クローゼは喜びのあまり、封印していたはずの前転宙返りを披露した。衰えを隠せず着地は失敗したが、見事な同点ゴールだった。2対2。第2戦は勝ち点1に終わった。

2014年W杯初戦の相手はロナウドを擁するポルトガル。ミュラーがハットトリックを達成し、ドイツが4対0で完勝した。

試合後、レーヴは「プランとは異なる試合になってしまった」と悔しそうに言った。ムスタフィが途中から入ると、右サイドは明らかに不安定になった。さらにラームが精彩を欠き、失点につながるミスを犯してしまった。チームとして全体的に対人プレーで脆さを見せた。ラームは「相手にスペースを与えてしまった」と反省し、メルテザッカーは「教訓を次の試合に生かすしかない」と語った。

とにかく、もし3戦目のアメリカ戦に負ければ、ドイツはグループリーグで敗退する可能性が出てきてしまったということだ。

アメリカ戦当日、レシフェは激しい雨に見舞われた。レーヴはピッチ際でずぶ濡れになり、ネイビーのシャツは体に張り付いてしまった。試合展開とは関係なく、世界中の女性たちがレーヴの雨に濡れた姿をソーシャルメディアで話題にした。

拮抗した試合は、55分にようやく動く。ミュラーがゴールを決めて1対0となり、そのまま終了のホイッスルが鳴った。他会場ではポルトガルがガーナに勝利し、アメリカのベスト16進出も決まった。レーヴはクリンスマンと笑顔で抱き合うことができた。

試合後、批判にさらされたのは左サイドバックのヘベデスだった。もともとセンターバックが本職ということもあって、攻撃面で不正確なパスが目についたからだ。当然、レーヴは「守備の任務をこなしてくれた」とかばった。

とはいえ、見方によっては収穫も感じられた試合だった。

レーヴが褒めたのが、ケディラの代わりに先発したシュバインシュタイガーだった。攻守で存在感を示して、中盤の要になった。前線ではミュラーがボスになって、予想不可能な動きを見せて相手に的を絞らせなかった。

気が早いことに『11フロインデ』誌のケスター編集長は、優勝への期待を膨らませていた。

「リーダーが生まれて、この先訪れる危機を乗り越えられたら、ドイツはW杯王者になることができるだろう」

苦戦を強いられたアルジェリア戦

決勝トーナメント1回戦の相手は、グループHを2位で通過したアルジェリアになった。彼らがベルギー、韓国、ロシアの組を突破したとはいえ、ドイツに比べれば格下だ。「もし負ければレーヴは解任されるだろう」と『フォーカス・オンライン』は書いた。

試合はアルジェリアが鋭いカウンターを繰り出しつづけ、面食らったドイツはリズムを乱されてしまった。とくに惨めな姿をさらしたのは、右サイドバックのムスタフィと左サイドバックのヘベデスだった。

ただし、他の選手も似たようなものだった。ラームは相変わらず精彩を欠き、シュバインシュタイガーとクロースも流れを変えられない。ゲッツェはピッチにいるのかわからない感じだ。ピッチの上に7人のバイエルンの選手がいたが、そのアドバンテージはまったく感じられなかった。

アルジェリアはボールを奪うと、ロングボールで一気にゴール前に迫る。失点しなかったのは、まるでリベロのように飛び出して相手より先にボールをクリアしたノイアーのおかげだった。

後半からゲッツェに代わってシュールレが入って活性化しようとしたが、流れを変えられなかった。ドイツはボールキープはできるものの、危険なエリアからシュートを打てない。

改善が見られたのは、70分にムスタフィが左太腿の肉離れでピッチを去り、ラームが右サイドバックに移ってからだ。投入されたケディラがシュバインシュタイガーとコンビを組み、ドイツに勢いが戻った。

ようやくゴールが決まったのは、延長に入ってからだ。92分、ミュラーのクロスにシュールレがヒールで合わせて先制点。さらに119分にエジルが追加点を決めた。直後にアルジェリアが1点を返して緊張が高まったが、何とかドイツはベスト8への進出を決めた。

試合後、ちょっとしたトラブルがあった。国営放送ZDFのリポーターが「苦戦しましたね」と訊くと、突然メルテザッカーが切れたのだ。

「そんな質問は、いい加減にしてくれ。最重要課題はベスト8に進むことだった。ベスト16に残ったチーム相手に、カーニバルのような試合を望むのがおかしい。W杯で成功することを願ってない

ラームはやや精彩に欠いたが、攻守のかなめであることに変わりはなかった。

のか？　失敗してほしいのか？」

一方、前半にライン際で荒れ狂っていたレーヴは、試合後に落ち着きを取り戻していた。

「気持ちで摑んだ勝利だった。前半は空回りして、何度もボールを失ってしまった。しかし、後半と延長は私たちが優勢だった。本来なら90分で決めなければならない試合だ。ケディラやシュールレが勢いをつけてくれた。苦労したがW杯を勝ち抜くには、こんな試合があるものだよ」


アルジェリアに苦戦したことで、再びドイツの実力に疑いが投げかけられた。準々決勝の相手は、決勝トーナメント1回戦でナイジェリアに2対0で勝利したフランスだ。『ビルト』紙は分が悪いと予測した。

「ドイツはフランスに負けて、金曜日に帰国するだろう」

ただ、『キッカー』誌はラームが右サイドバックに戻ったことをポジティブな要素として見ていた。ムスタフィのケガという不測の事態が引き金になり、それによってようやくレーヴがラームの中盤起用を諦めたからである。ケディラとシュバインシュタイガーを中盤で組ませるのは、多くのファンと解説者が望んでいたシステムだった。

個のフランス相手に組織力で対抗

フランス戦は、リオデジャネイロの日差しが照りつける昼の試合になった。レーヴはコーチたちと長い議論を重ね、いくつかのポジションで先発を変える決断を下した。

センターバックにはメルテザッカーに代わってケガから回復したフンメルスを起用し、1トップには今大会初めてクローゼを先発させた。そして右サイドバックはラームである。

ラームはフレッシュさを取り戻し、中盤のシュバインシュタイガーとケディラのコンビもまずまずだった。エジルは試合に入れていなかったが、フンメルスが率いるDFラインは安定していた。

すると13分、またしてもセットプレーからゴールが生まれる。クロースのFKをフンメルスが頭で合わせて1対0とした。

後半に入るとフランスが勢いを強めたが、ドイツがブロックを築いてシュートを打たせない。レーヴは69分にクローゼを下げてシュールレを投入して運動量を保とうとした。終了間際にベンゼマに危険なシュートを打たれたが、ノイアーが右手一本で止めた。それが試合の最後の見せ場になった。

個で仕掛けるフランスに対して、ドイツは組織力で対抗した。とくにフンメルスはDFラインを統率して、リーダーとしての資質を見せた。

同時にチームにプラスの影響を与えたのは、先発をはずされたメルテザッカーの振る舞いだ。不満をまったく見せないどころか、率先して水のボトルを渡して積極的に仲間を助けた。

試合前、レーヴはメルテザッカーに対して、フランスのFWはスピードがあるため、俊敏なセンターバックを起用したいと説明していた。メルテザッカーはこの決定に、少しも反論することなく受け入れた。チームの結束の強さを、このベテランが象徴していた。

開催国ブラジルを粉砕

準決勝の相手は、開催国のブラジルになった。ようやく暑さから解放され、ベロオリゾンチの夜にファイナルの切符を争う。

試合前、より有利と見られたのはドイツだった。なぜならブラジルの調子が上がっておらず、それまでの内容は決して良くなかったからだ。

さらにエースのネイマールが準々決勝のコロンビア戦で悪質なファールを受けて、脊椎損傷の大ケガを負って離脱してしまった。加えてキャプテンのチアゴ・シウバが警告累積で出場停止になった。

レーヴはフランス戦と同じメンバーを選んだ。

DFラインは左からヘベデス、フンメルス、ボアテン、ラーム、中盤はシュバインシュタイガー、ケディラ、クロース、ミュラー、エジル。FWはクローゼである。

立ち上がりはブラジルがアグレッシブに攻め、試合は拮抗するかに思われた。だがドイツの先制

対ブラジル戦でドイツの2点目を決めたクローゼ。W杯で16点目となり、W杯歴代最多ゴールを更新した。

点によって、雰囲気が一変する。

11分、クロースのＣＫに、ニアポストでフンメルスが相手を引きつけ、ファーポストでミュラーが合わせた。ドイツが先制！　スタジアムが凍りついた。

失点したショックで、ブラジルはパニックに陥ってしまう。

ドイツはその隙を見逃さず、コンビネーションで相手を揺さぶり、冷静沈着に効果的にプレーした。

もはやブラジルは秩序を忘れてしまった。23分から3分間で3ゴールが生まれた。ドイツの2点目を決めたのはクローゼで、彼にとってW杯で計16得点目となり、W杯歴代最多ゴールを更新した。ホームの観客たちは困惑を隠せず、セレソンの沈没に多くの人が涙を流しはじめた。ケディラが29分にゴールして5対0となると、ドイツ人のサポーターでさえ同情の気持ちを抱いた。

後半開始は、幾分ブラジルが盛り返してノイアーを脅かすシーンを作った。だが、ドイツはすぐに体制を整え、クローゼの代わりに入ったシュールレが2点を追加する。90分にオスカーのゴールでブラジルが1点を返したが、もはや試合展開には何も関係がなかった。

7対1でドイツが勝利――。信じられない結果になった。

いったいレーヴはどんな魔法をかけたのか？　ベルリンの『ｔａｚ』紙は、ブラジルの切り替えの遅さを狙ったと指摘した。

完膚なき敗戦に呆然とするブラジル選手たち。

「ブラジルは守備へ戻るのが遅く、中盤に広いスペースが生まれていた。ドイツはそれを利用した」

試合後の会見場に、レーヴは感情を抑えながら選手を称えた。

「今日はブラジルの情熱に対して、ドイツらしく冷静に対応することができた。速い切り替えのおかげで、早い時間にゴールを決めることができた。ブラジルは2失点後に明らかに動揺していた。その動揺を巧みに利用することができた。選手たちは本当に素晴らしいプレーをしてくれた」

しかし同時に、注意を呼びかけた。

「この結果に舞い上がってはいけない。ブラジルにとってベストな日ではなかった。引き続き謙虚さを貫かなければならない」

選手たちも思いは同じだった。ミュラーはZDFのインタビューにこう答えた。

「いくら褒められても浮かれたらダメだ。もう1試合、死ぬ気で挑んで、そして〝あれ〟を手にしよう」

アルゼンチンとの消耗戦を制す

アルゼンチンとの決勝の舞台に、レーヴはフランス戦およびブラジル戦と同じ先発メンバーで臨むつもりだった。しかし、ウォーミングアップでアクシデントが起こる。ケディラがふくらはぎに違和感を訴えたのだ。

コーチのフリックはすぐさま監督がいるロッカールームに向かった。

「突然ハンジが飛び込んできた」とレーヴはのちに振り返った。レーヴは何かが起こったことを直感的に悟った。

「ケディラが出られない！」

レーヴはスタッフと話し合い、クリストフ・クラマーを起用することを決断した。クラマーはすでにアルジェリア戦の延長、およびフランス戦のロスタイムに出場していた。

ドイツは直前のメンバー変更に取り乱すことなく、カウンターを狙うアルゼンチンに対して、キックオフから主導権を握ろうとした。

イグアインに決定機を作られるもノイアーが防ぐ。その数分後、今度こそイグアインのシュートがネットを揺らしたかに思われたが、オフサイドの旗があがった。ぎりぎりの攻防だった。

ドイツにとって誤算だったのは、ケディラの代わりに出場したクラマーが、17分にアルゼンチンのガライと激しくぶつかり、脳震盪を起こしてしまったことだ。クラマーは意識が飛んだままプレーするも、31分に交代を余儀なくされた。

レーヴは代わりにシュールレを送り込んで、左ＦＷに置いた。エジルをトップ下に移動させ、クロースとシュバインシュタイガーにダブルボランチを組ませた。

ドイツは主導権を握ることはできたが、つねにアルゼンチンのカウンターの脅威にさらされた。とくにメッシは、動きが重いフンメルスを翻弄した。

ドイツは攻撃面でも苦戦する。アルゼンチンのマスチェラーノが門を閉ざして決定機を作れない。後半も互いにゴールを奪えず、決勝戦は延長に突入した。両チームともに疲れが見え、すべてをかけた消耗戦になった。

印象に残ったのは、死にもの狂いで走り回るシュバインシュタイガーの姿だった。109分にアグエロとの空中戦で目元から出血しながらも、すぐに治療してプレーを続けた。その姿が仲間たちを鼓舞した。

そして113分、歓喜の瞬間が訪れる。

左サイドをシュールレが突破して、ゴール前にセンタリングのパスを上げた。走り込んだゲッツェは胸でしっかりとコントロールすると、ボールが地面に落ちる前に左足を振り抜いた。美しい軌道のゴールが宙を舞い、ネットに包み込まれた。

アルゼンチンの反撃をノイアーを中心に跳ね返し、ドイツにとって4度目のW杯優勝が決まった。

1954年、1974年、1990年、そして2014年。

レーヴはついに世界のサッカー史に名を刻んだ。

2004年、もしクリンスマンから電話がかかってこなかったら、レーヴはオーストリアリーグで監督の職を探しつづけていたに違いない。あれから10年が経ち、レーヴはW杯優勝監督になった。

決勝のアルゼンチン戦は延長に突入した。113分、ついにゲッツェが左足を振りぬき決勝ゴールを決める。

ゼップ・マイヤー、ヘルムート・シェーン、フランツ・ベッケンバウアーの系譜に名を連ねたのである。

ドイツは南米開催のW杯で優勝した最初のヨーロッパのチームとなった。メディアは声を揃えて賛辞を贈った。

「レーヴは才能に恵まれた選手たちを生かし、積極的な采配で壁を乗り越えた」（南ドイツ新聞）

「美しさと力強さの完璧な融合」（シュピーゲル・オンライン）

誰もが大会でベストなサッカーをしていたと褒め称えた。

では、ヨアヒム・レーヴの反応は？ いつもとまったく同じだった。

「選手たちは自らの限界を超えてプレーしてくれた。10年間の仕事が報われ、優勝を成しとげることができた。その間、ずっと私たちは課題に取り組み、成長しつづけてきた。ついに機が熟したのだ。私のキャリアにおいて最大の成功だ。献身的で団結した素晴らしいチームだった」

歴史に刻まれた四度目の戴冠

マラカナンの階段を上がったところに設けられた表彰台には、２００４年からともに戦いつづけてきた仲間たちの姿があった。クローゼ、シュバインシュタイガー、ラーム、メルテザッカー。彼らの経験と覚悟がチームを引っ張った。

2009年にU21欧州選手権を制したメンバーもいた。ノイアー、ボアテン、ヘベデス、フンメルス、ケディラ、エジル。彼らの自信がチームに勢いを与えた。

弱点と思われたヘベデスだが、ノイアーとラームとともに全試合にフル出場した。不慣れな左サイドバックでの出場だったが、守備を安定させ、大会中に成長していった。ミュラーはつねに危険な地域に飛び込み、クロースとゲッツェは決定的な仕事をした。シュールレはジョーカーとしてチームに貢献した。

レーヴも大一番で進化した姿を見せた。あれほど辛口だった『キッカー』誌が絶賛した。

「レーヴは取り組んできた美しいサッカーに、厳密な守備のルールとセットプレーを加えて効率的なものにした」

実際、グループステージをセンターバック4人を並べてスタートしたことが、レーヴは美しいだけの理想から一歩引いたことを示していた。

重要な変化は、セットプレーの練習時間を増やしたことだ。それまではセットプレーの練習に抵抗感を持っていたが、そのこだわりを捨て、徹底的に磨き上げた。

ブラジルW杯において、ドイツの18点中6ゴールがセットプレーによるものだった。ドイツサッカー協会の分析によれば、過去のW杯の30％のゴールはセットプレーから生まれていた。ついにレーヴはそのトレンドに乗ることができた。

ドイツの偉大な監督のひとりであるオットマール・ヒッツフェルトは、チームをまとめるレーブの手腕を高く評価した。

シュバインシュタイガー、クローゼ、ケディラ、メルテザッカーら従来の主力はベンチスタートになっても、誰ひとりとしてふてくされなかった。

チームスピリッツは大会を通し際立っていた。シュバインシュタイガーは「みんな監督を信じてついていった」と振り返る。

レーヴ自身も一体感がなければ、この快挙は成しとげられなかったと言った。

「ここまでチームがまとまったのは、代表を率いて初めてだった。この団結が決勝戦で勝利をもたらしたんだ。それぞれが何をしているかは関係なく、チームが勝つことだけが大事だった。それを全員が受け入れていた。そうでなければタイトルは取れない。一体感、リスペクト、正直さ。それが自分たちの支えだった」

W杯後、ドイツのスポーツジャーナリストたちが選ぶ賞において、レーヴが最優秀監督賞に選出された。

ドイツサッカー協会のニールスバッハ会長が表彰状を手渡した。

「私は感動している。ヨギは大会を通して、チームを引っ張ってくれた。内側に確かな強さを持ち、追い込まれても落ち着きを失わなかった。リーダーシップは一度も揺らがなかった」

表彰式において、レーヴはいつもどおり謙虚だった。

W杯優勝監督は、ドイツサッカーに関わるすべての指導者による優勝だったと感謝した。

「小さなクラブにおける継続的な育成の取り組みがなければ、ブンデスリーガのクラブの強化がなければ、こんなにも素晴らしい選手たちは生まれなかった。W杯優勝は、指導者たち全員による共同作業の結果だった。大会中に生まれたチームスピリッツは最後の仕上げにすぎない。すべての指導者を代表して、私が受賞したと感じている。ドイツサッカーに携わったすべての人が、最優秀監督の一部だ」

大きな拍手がレーヴを包み込んだ。

第15章

監督席の哲学者

試合開始のホイッスルが鳴った瞬間、選手たちは90分間思考をフル回転させなければならない。どこからボールが来るのか？　どこに走るべきか？　味方と敵はどこにいるか？　パスを受けたら何をすべきか？　この答えを導き出しつづけなければ勝者にはなれない。

これらの難問に対して何をすべきかを示し、チームとしてつなぎ合わせるのが監督の仕事である。レーヴは練習において、各項目に対して戦術的な回答を示す。それによって複雑に見える試合をシンプルに捉えられるようにし、チームに構造を生み出す。

ただしレーヴは、システムや戦術よりもさらに大切なものがあると考えている。それはフィロソフィーだ。そこからすべての価値基準が生み出されるからである。

「もっとも大切なのはフィロソフィーだ。それがあるからこそ、どんな監督が必要なのか、どんな選手が必要なのか、どんな目標を立てるべきなのか、どんなサッカーをするかが明確になるんだ」

言い換えれば、もし魅力的な攻撃サッカーをやりたいなら、その方法論を持っている監督と契約しなければならないということだ。

いったいレーヴは攻撃サッカーというフィロソフィーの下、どうやって世界一のチームを作り上げていったのか？

ステップ1 いかに早くシュートまで持っていくか

2011年に出版された本『ドイツ代表の成功までの歩み』（マティアス・グロイリヒ著）において、レーヴはドイツ代表における戦術の歩みについて明かしている。

2006年W杯では、ドイツはまだ土台作りの真っ最中だった。

ゾーンディフェンス、4バックによるラインディフェンス、ボール位置の移動に応じたポジションの修正といった守備練習に追われ、攻撃の練習に十分な時間を割くことができなかった。まだDFとFWが離れてしまってコンパクトさがなく、攻守および守攻の切り替えも遅かった。

2005年のコンフェデレーションズカップ準決勝のブラジル戦では、バラック、フリンクス、エルンスト、ダイスラーの4人が中盤に入り、2トップはポドルスキとクラーニだった。たとえボールを奪っても、素早く相手ゴールに迫ることはできなかった。

だが、2006年W杯後、ようやくドイツは攻撃の練習に十分な力を注げるようになる。

「ボールを奪ったら、できるだけ早くシュートへつなげよう」

レーヴの戦術がしだいにチームに浸透しはじめた。

「現代サッカーにおいてもっとも多くゴールが生まれているのは、ボールを奪ったあとに5、6秒以内にシュートを打てたときだ。相手の組織が整ってないからである」

2、3秒あればフィールドプレイヤー一人につき約20メートル戻れる。つまりゴール前に到達する時間が短ければ短いほど、有利な状態でシュートを打てることになる。

レーヴによれば、切り替えは練習によって早められるという。

「練習では、ボールを奪ってから6秒以内にシュートを打つというルールを設定している。さらにカウンターのときにどこに誰が走って、どこにパスを出すかを練習している。だから試合で相手が止めようとしても、その連携によってかわせるんだ」

ステップ2　オートマティズムを植えつける

レーヴはサッカーのプレーを、自動車の運転にたとえる。

「守備時の連携、攻撃時に走るコース、切り替え。これらの動きを無意識にできるようにオートマチック化しなければならない。サッカーは車の運転と同じだ」

レーヴは練習において、しつこいくらいに基礎を反復させる。なぜなら「反復なしにオートマチック化は実現できない」からだ。

2004年からの2年間、オートマチック化の集中トレーニングが続いた。守備の組織、ボールがないときのプレー、パスのタイミング、パスの正確さ……。レーヴは一切妥協を許さなかった。「どんな小さなミスも許さない。修正して、さらに次のミスを見つける。音楽家のピアノの練習のように」

レーヴはイメージトレーニングも取り入れた。試合の特定のシーンを想像して、頭の中でやるべき動きを繰り返すのだ。その作業に高い集中力を求めた。

監督にとって嬉しいのは、選手がまるで車のギアチェンジをするかのように、状況に応じてプレーを切り替えられることだ。２００６年W杯のときはまだ粗が目立ったが、しだいにレーヴが満足できるレベルのオートマティズムをドイツは実行できるようになっていった。

ステップ3　ボールを受けてからパスを出すまでの時間を短くする

「現代サッカーでは、もはやギュンター・ネッツァーは必要とされないだろう」とレーヴは語ったことがある。

１９７４年W杯の優勝メンバーのネッツァーは、創造性に溢れるゲームメイカーだ。ただ、当時は守備戦術が発達しておらず、ボールを受けてから判断を下す余裕があった。

だが、現代サッカーでは、すぐに相手がプレスをかけ、ボールホルダーに与えられる時間も空間も限られている。つまり、プレーのテンポを早めることがモダンサッカーの鍵になる。

よくサッカーの試合では走行距離が議論されるが、レーヴは走る量だけでなく質にまでこだわっている。

「1試合で何キロメートル走ったかとともに、どんなテンポで走ったかも重要だ。たとえばスプリントが5回なのか10回なのかでは違う」

テンポを上げるためにレーヴは、4分間強度を高めて練習して2分間休むといったトレーニングを行なっている。

「スピードはサッカーにおいてすべてのことに優る」

サッカーでは必ずしもガムシャラに走る必要はない。ボール奪取のあとに、スプリントできることのほうが大事だ。これを見事に実行できるのがミュラーである。どんな相手よりも早く走り出し、不意打ちを食らわすことができる。

ただし、テンポを上げるもっとも効果的な方法はほかにある。

それは素早くボールをつなぐことだ。言うまでもなく、人が走るより、ボールが走るほうが速い。とくにレーヴはグラウンダーのパスにこだわった。ボールを浮かすと正確性が失われ、受ける側の処理にも時間がかかってしまう。

地面を転がるフラットなパスで、縦に速くダイレクトでつなぐ。そうすれば自ずとハイスピードの攻撃になる。

こういう取り組みによって、ボールを受けてからパスを出すまでの平均時間は、２００６年からの1年半で2・8秒から1・9秒に縮まった。

「それまでは個々の選手がボールを長く持ちすぎていた。それが試合で攻撃のスピードを落としていた。この秒数を縮めるために、根気強く練習を重ねた」

その甲斐あって、2008年末の時点で1・5秒だったものが、2010年W杯では平均1・1秒になった。0・9秒の試合もあった。

テンポの速さはレーヴ戦術の核である。

ステップ4　ファールをしないでボールを奪う

ドイツサッカーと言えば、伝統的に体のぶつかり合いを武器にしてきた。だがレーヴは常識にはとらわれない。

「サッカーに闘争心は必要だ。しかし、格闘技ではない」

守備においては、接触プレーはむしろマイナスと考えている。

「体をぶつけ合うサッカーとは縁を切らなければならない。どれほど多くの失点がFKから決められているか、分析すればすぐにわかることだ。不要な接触プレーによって、相手にFKをプレゼントしてはいけない」

当然、危険なスライディングもこれに含まれる。たとえばボアテンは、レーヴからこう指示された。

「危険なスライディングをすべきではない」

レーヴがファールを嫌うのは、守備は攻撃に直結しているからでもある。ボールを奪えればすぐに攻撃を仕掛けられるが、ファールをしていたらいつまでたってもボールを奪えない。

そのためにもファールを犯してはダメだ。レーヴはファールなしにボールを奪うことを選手たちに求めた。

とくに重要なのは、中央でのボール奪取だ。もし中央で奪うことができたら、味方が近くにいるためにパスコースを作りやすい。その分、早くカウンターを仕掛けられる。

だからレーヴは、プレスをかけるとき、サイドの選手が相手を中央に追いつめるように指導した。


守備の選手を見るときに、レーヴは必ずチェックすることがある。

「どれくらい不必要なファウルをしているか？　どれくらい相手にフリーキックを与えているか？　競り合いはクリーンか？」

レーヴはファールなしで守ることについて、バスケットボールを参考にしている。ユーロ２００８直前のマジョルカ合宿に、元ドイツ代表のバスケットボール選手デニス・ヘブラーを呼び、選手たちへの指導を頼んだ。

こういう取り組みによって、ドイツはより効率的に守れるようになっていった。

ステップ5　パスを出したら追い越す

２０１０年Ｗ杯に向けて、レーヴは選手たちにプレーに関与しつづけることを求めた。それを実現する方法論のひとつが、パスを出した後に前へ走るという〝パス＆ゴー〟である。

「パスを出したら前へ走って、再びボールを要求しなければならない。そうすればつねに攻撃が流れ、ダイナミックになる」

レーヴがブンデスリーガの試合を視察したとき、これに関する課題に気がついた。

「パスを出したあとに、しばしば休んでしまっているシーンを目にした」

たとえばエジルがそうだ。天才的なパスを見せるものの、そのあとに立ち止まってしまう。レーヴは代表で選手たちが集まったときに改善を訴えた。

動く選手が多いほど、パスコースが多く生まれる。すなわちコンビネーションの組み合わせが増え、得点の可能性が高まる。

〝パス＆ゴー〟がもっとも効果を発揮するのは、相手からボールを奪った後だ。前方にスペースが広がっているからである。

２０１０年Ｗ杯のイングランド戦とアルゼンチン戦では、〝パス＆ゴー〟が見事に炸裂した。このちょっとした心がけがカウンターのスピードを速めた。

ステップ6　試合を支配する

こうして2010年W杯のイングランド戦とアルゼンチン戦では、カウンターによる得点が多く生まれた。ただし、カウンターはレーヴが頭に描いているサッカーの一部にすぎない。

2010年W杯前、レーヴはこう語っていた。

「私たちはボールを無駄に回すのではなく、ゴールを決めるためにパスをつなぐ。どんなときでも自分たちのサッカーをできるようになりたい。アクティブに仕掛け、相手を支配するサッカーだ」

2010年W杯では、準決勝でスペインに負けたように、つねに試合を支配するという段階にはいたっていなかった。

だが、レーヴは諦めずに相手を支配するサッカーを追求し、しだいにカウンターだけに頼らないチームにスケールアップしていった。

ユーロ2012予選のオーストリア戦で6対2で圧勝したとき、レーヴは次の段階に進んだと確信した。

「ドイツの高い位置からのプレッシングには目を見張るものだった。以前は守備的な相手を崩し切れないときがあったが、ようやく攻略できるようになった」

残念ながらユーロ2012の準決勝ではイタリアに敗れてしまったが、カウンターだけに頼らず試合を支配しようとした試みは、のちに大きな財産になった。

ステップ7 戦術をフレキシブルにする

そして2014年W杯において、レーヴはさらに一段階上の戦術に到達した。

それは戦術をフレキシブルに変えること――。状況によって偽9番（ミュラーやゲッツェ）と従来のストライカー（クローゼ）を使い分け、中盤の組み合わせも自在に変えた。

2014年W杯前、レーヴはこう語っていた。

「私にとって重要なのは、バリエーションとフレキシブルさだ。伝統的なシステムや戦術にはとらわれない。特定の選手に依存してしまうし、連携が単純になるからだ。勝者になるためには、相手に読まれづらくならなければならない」

2014年W杯におけるドイツの7試合のヒートマップを見ると、このレーヴの言葉どおりに戦ったことがわかる。攻撃サッカーを志向しながらも、対戦相手や環境によって、前からプレスをかける戦術と後ろに1度引く戦術を使い分けていた。

また、すべての試合でドイツは攻撃のときと守備のときにシステムを変えていた。たとえばアルジェリア戦は、守備のときは4－4－2で、攻撃のときは4－1－2－3になった。

ドイツサッカー協会の指導者講習教官のフランク・ヴォルムートは２０１４年W杯を分析して、「あらゆるシステムを身につけ、試合中に変えられるチームが有利になっていくだろう」と結論づけた。

こういうフレキシブルさに加えて、ドイツはフィジカルコンディションが良かった。ベスト４の中で、もっとも走行距離が長かったのはドイツだ（７８３キロメートル。ブラジルは６５０キロメートル）。ドイツは延長戦になっても、運動量で相手を上回り、ＰＫ戦の前に決着をつけることができた。

２０１４年W杯において、ドイツほどムラが少ないチームはなかった。日替わりで活躍する選手が生まれ、ポルトガル戦ではミュラー、フランス戦ではフンメルス、決勝戦ではボアテンとシュバインシュタイガーが主役になった。クロースはつねにボールに絡み（ボールコンタクト数は７３０でチーム内で最多）、パスの成功率は90％を誇った。

こういった優れた選手たちがエゴを捨て、大きな目標の下に団結して優勝を成しとげた。準優勝および3位を繰り返し味わった選手たちは、心からタイトルに飢えていたのだ。

それまでドイツの人たちはレーヴは勝利のメンタリティを持っていないと思っていた。だがブラジルの地で、ついにレーブは強烈な勝利のメンタリティを示し、チームを頂点に導いたのである。

レーヴはシステムや戦術よりもさらに大切なものがあると考えている。それはフィロソフィーだ。そこからすべての価値基準が生み出されるからである。

訳者あとがき

「情報戦」をも制したドイツ代表の分析力

なぜヨアヒム・レーヴは、W杯で頂点に立つことができたのか？

答えは、この一言に集約されると思う。

「考えられるすべてのことに対して、パーフェクトな準備を進めたから」

たとえば「試合分析」に関して、ドイツほどマンパワーをフル活用した国はないだろう。ドイツサッカー協会はケルン体育大学と提携し、研究者3人と学生45人がW杯で対戦しうるすべての国の分析を徹底的に行なっていた。

その「チーム・ケルン」を率いたのが、35歳のエリート分析官、シュテファン・ノップだ。ケルン体育大学の学生時代に頭角を現わし、ドイツサッカー協会からヘッドハンティングされ、2006年ドイツW杯以降、すべてのビッグトーナメントで、ドイツ代表のためにその頭脳を捧げてきた。現在はケルン体育大学とドイツサッカー協会の両方に籍を置いている。

ブラジルW杯の約1年前、ノップにインタビューする機会があった。彼は研究者らしく、論理的なドイツ語で言った。

「私たちの任務は、対戦の可能性があるすべての国を丸裸にすること。レーヴ監督が相手を理解し、さらにその対策を摑めるように、全力でバックアップしています」

そもそもこの集団が立ち上げられたのは、2005年のことだった。

当時代表監督だったクリンスマンがスイス人のジーゲンタラーをスカウト主任に抜擢したが、一人では限界がある。そこでケルン体育大学のブッフマン教授と、当時学生であったノップたちがサポートすることになった。

2006年W杯で実績を上げた後、特命チームはより機能的な集団へと進化して行く。ユーロ2008では、決勝トーナメント1回戦のポルトガル戦前に、レーヴ監督がシステムを4－4－2から4－2－3－1へ変更するうえで、重要な判断材料を与えた。彼らが関わって以降、ドイツはW杯とユーロでつねにベスト4以上の結果を残している。

「ケルン体育大学が重視しているのは、分析担当になる学生の質。一人前になるには約10ヵ月かかる。すべての担当者が同レベルの目と理解力を持っていなければなりません。学生にもメリットがありますよ。この経験がサッカー関係の就職にプラスになるからです」

では、具体的に何を分析するのか？

彼らが注目するのは、戦術的振る舞いだ。全部で約200のチェック項目がある。

「攻撃時、守備時、切り替え時の振る舞いを詳細に分析します。たとえば、『頻繁にパス交換するペアはいるか？』、『中央とサイド、どちらから攻めているか？』、『ボールを失ったときにどう振る舞うか？』、『能動的に攻めるのか、受け身のチームなのか？』、『どんな攻撃に脆いか？』といったことです」

そして分析は技術面や戦術面に留まらず、〝感情〟にまで踏み込まれる。「どの選手が怒りやすいか、冷静か」、「失点後にショックを受けやすいか」といった性格もチェックされるのだ。各国の報道もチェックし、どの選手にスキャンダルがあるかまで洗い出される。他には「国民性」、「代表の雰囲気」、「ファンの期待度」も調査の対象だ。

また、彼らは「数字を信用しない」のも特徴のひとつだ。

ドイツ代表はデータ分析会社『アミスコ』と契約しており、パス成功率やクロス成功率といった詳細な数字を手にできる。だが、数字はあくまで材料にすぎない。

「アミスコの分析は定量的で、絶対に必要なものです。しかし、そこから戦術的振る舞いを見出すには、人間が『計測器』になる必要がある。たとえばピンポイントの速いクロスが相手に跳ね返されたら、数字上は失敗です。しかし、防がれたのはぎりぎりで、通っていれば決定機になったかもしれない。データを鵜呑みにしてはいけません。走行距離も騙されやすい数字のひとつ。量の中から質を見出す目が必要です」

学生たちによって集約された情報は、ノップ、スカウト主任のジーゲンタラー、スカウト補佐のクレメンスに提出される。それをレーヴ監督が見やすい形に取捨選択&映像化するのが３人の仕事だ。

「ケルン体育大学の分析とアミスコの統計データから、もっとも意味のある情報を、説得力ある形でまとめていきます。いくら優れた分析でも、現場で使えなければ意味がない。得た情報を、ピッチ向けに〝翻訳〟するのが私の最大の任務です」

ドイツに22年ぶりのW杯優勝をもたらすべく、ケルン体育大学の精鋭たちが敵の弱点に目を光らせていたのである。

興味深いことにこの「チーム・ケルン」には、ひとりの日本人の学生がいた。日本体育大学を卒業後、ケルン体育大学に留学した浜野裕樹だ。

浜野にとって運命の出会いは、パソコンの授業だった。

その授業はワードやエクセルの使い方を学ぶというスポーツとはまったく関係ないものだったが、なぜか講師はノップだった。

2006年、クリンスマンとレーヴはケルン体育大学を訪れ、試合のデータ分析の現場を視察した。

授業の前後に雑談するようになったある日、同級生のひとりがノップと話している輪に加わると、サッカーの分析をテーマにしたセミナーを行なうという。興味を持った浜野は「参加していい?」と訊くと、ノップはふたつ返事でOKしてくれた。

浜野にとって、これが「チーム・ケルン」への招待状となった。

「僕は最初、あくまで1回限りのセミナーだと思っていたんです。サッカー好きの学生が集まるのかなって感じで。でも、実際は違った。40人くらい集まったんですが『今日からドイツ代表のために分析を始めるぞ!』って。『え、何これ? そんなすごいところに来ちゃったの!』って意味がわからなかったです」

まず学生たちに行なわれたのは、分析官になるための教育だ。レポートの書き方、分析の仕方を、与えられた課題をこなしながら学んでいく。

「たとえばチーム戦術がテーマのときに教えてもらったのは、『サッカーは4つのシーンに分けられる』ということ。自分たちがボールを持っているとき、相手が持っているとき、自分たちが奪ったとき、失ったときです。で、ボールを失ったときについても、細かく見るポイントがあって、たとえば『誰が戻るのが速い』とか。奪ったときだったら、誰がカウンターで前に行くか。ガイドラインがあるので、それに従うと自然にサッカーを見る目が養われていきました」

すでに書いたように、テーマはピッチ外にもおよび、選手のプライベートに関する調査もあった。

「スキャンダルがテーマのときもありました。経済状況、人口、失業率を調べる回もありました。

つまりチーム、監督、選手だけでなく、その国についても徹底的に調べるということです」

W杯出場国の中で、相手のスキャンダルまで調べるチームは、おそらくドイツだけだっただろう。浜野にとってもっとも大変だったのがセットプレーの分析だ。CKとFKで誰がどこに蹴ったかを記録していく。

「流れは見なくていいから、セットプレーだけを見ろと。ワードとエクセルを使って、詳細を書き込んでいきます。さらに守備のとき、ポストに何人立って、マイボールにしたらどう攻めるかとか。なぜ記憶に残っているかというと、もっとも時間がかかる作業だったからです（笑）。小さなディテールがとても大切。セットプレーは試合を決定づける要因のひとつになりえるので、相手の形を見分けなければなりません」

そして最後に、対戦相手の重要選手を丸裸にしていった。

「誰にパスしたかはもちろん、どちらの足でトラップしたか、どちらの足でジャンプしたかまで記録しました」

ブラジルW杯期間中、浜野ら「チーム・ケルン」はそれぞれが役割を分担して、睡眠時間を削ってドイツのためにデータを集めつづけた。浜野はおもに相手チームのセットプレーの分析を担当した。

「優勝によって、すべて報われました。最高の経験になりました」

レーヴらはマンパワーだけでなく、テクノロジーの活用でも世界一だ。

ブラジルW杯の約1年前、ドイツに本社を置くソフトウェア会社『ＳＡＰ』と手を組み、選手が気軽にデータに触れられるようにしたのだ。

ブラジルW杯のG組初戦、ドイツ対ポルトガルでのことだ。

前半28分にポルトガルのアルメイダが負傷し、代わりにブラガ所属のエデルというFWがピッチに入った。国際的に無名ながらアメフト選手のような肉厚な体格で、ドイツの守備陣にとって不気味な存在だった。

だが今回のドイツは、あらゆる不確定要素を排除するための準備が整っていた。

ＧＫノイアーがハーフタイムにロッカールームへ戻って来ると、分析スタッフがｉＰａｄを手渡した。エデルの過去のプレー映像が集められており、短時間で特徴をつかめるようになっていた。

ドイツはポルトガルの反撃を抑え、４対０で快勝した。

そしてのちに大きな話題になったのが、『ＳＡＰ』が開発した〈マッチ・インサイト〉と呼ばれるシステムだ。大雑把に言えば、実際の試合を特別なカメラで撮影した映像をもとに、その試合をコンピューター上に再現するシステムである。

ブラジルW杯後に開発者のファディ・ナオウムに会うと、彼はこう説明してくれた。

「私たちのシステムでは、仮想のピッチに選手22人が映し出され、画面を手で触って操作することができます。たとえば試合を見ながら、気になる選手がいたら、指でクリックすると走行距離やパス成功率といった基本データが出てきます。検索によって、特定のシーンだけを取り出すことも可能です」

これまで試合のデータ分析を手がけるのは、サッカーを専門とする小規模の会社が多かった。率直に言えば、儲からないからだ。だが、ドイツ1部のホッフェンハイムのメインスポンサーでもある『SAP』は、スポーツ業界に可能性を見出して進出。同社が誇る超高速ビッグデータ解析ソフトを、本気でサッカーに応用しはじめた。その結果、ピッチ上の22人の振る舞いをすべて記録・分析できる驚異のシステムが生み出された。

ブラジルW杯ではピッチ上の22人を90分間追った映像を、FIFAが各チームに提供していた。多くの国がその生データを持て余したと思われるが、ドイツは〈マッチ・インサイト〉をフル稼働させた。

ナオウムは言う。

「最大の利点は、ゲームのように気軽に扱えること。選手たちは遊び感覚で、自主的に対戦相手を分析していました。大会後、ドイツサッカー協会から感謝のメールを頂きました」

相手がパスミスしたシーンだけを見ることが可能だし、逆に相手がボールを奪った場面もチェックできる。選手間の距離を表示できるので組織の穴も見つけやすい。足の速さもわかる。選手は短時間で多くの情報を得られるのだ。

すでに書いたように、ドイツではスカウト主任のジーゲンタラーを頂点に、「チーム・ケルン」

が日夜分析を続けている。

これだけでも十分すぎるほどのデータ量なのだが、さらにドイツはＩＴも利用したのだ。〈マッチ・インサイト〉の可視化によって、選手たちにもデータが身近なものになり、イメージトレーニングの手助けになった。


そして何よりレーヴたちがすごかったのは、南米大会そのものを分析したということだ。レーヴたちにとって最大のテーマは、「なぜ欧州勢は南米の地で優勝できないのか？」という負のジンクスだった。これまで計４回南米でＷ杯が行なわれたが、欧州勢は一度も優勝していない。中米のメキシコを含めれば計６回だ。

この難問に挑んだのが、レーヴの頭脳とも言えるスカウト主任、ジーゲンタラーだ。

ジーゲンタラーはブラジルＷ杯直前、ドイツの新聞のインタビューでこう明かした。

「この謎を解明するために、私は70年代のＷ杯まで遡って、全大会の準決勝と決勝を見返した。そしてひとつの結論に行き着いた。それは『南米では自分たちのスタイルを貫くべきではない』ということだ」

スカウト主任は続ける。

「過去の大会でヨーロッパのチームは、南米の地でも、まるで欧州にいるかのように振る舞っていた。イングランドもイタリアもね。だがブラジルやアルゼンチンは違う。彼らは欧州に来ると柔軟にやり方を変えているんだ。見習う必要がある。欧州勢も南米では、自分のたちのコンセプトを一時的に引き出しにしまうべきだ。南米の風土に順応しなければならない」

レーヴはその考えにすぐに賛同する。そしてスタッフ総動員で、戦術のどこを変え、何を残すのか、改訂作業が始まった。

まず見直されたのが、10年間追い求めて来たポゼッションに対するスタンスだった。

ジーゲンタラーは解説する。

「ボールを保持しつづけるには、絶え間ないアクションが必要だ。しかし、ブラジル北部の暑さの下では、動けば動くほど体力を消耗する。ドイツはポゼッションサッカーによって大きく前進したが、それを見つめ直すことが求められた」

議論によって導かれた新たなコンセプトは、〝単なるポゼッション〟を進化させた、「スピーディーでつねにゴールに向かうポゼッション」だ。

「私たちはこれを『ボールプログレッション』と呼んでいる。単なるボールポゼッションはブラジルでは正しいレシピにはならない。ボールを失わないようにしながらも、縦に速く攻めることが重要だ」

攻撃が変われば、当然、守備も変わる。ドイツはここ2、3年、ボールを失った瞬間にかけるプレス（ゲーゲンプレッシング）に取り組んできた。バルセロナを参考にドルトムントのクロップ監督が一般化したもので、相手を敵陣に閉じ込めるために不可欠な手段だ。

だが、レーヴたちはゲーゲンプレッシングの封印を決断した。

ジーゲンタラーが理由を代弁する。

「ブラジルやアルゼンチンの選手は、ゲーゲンプレッシングの圧力をかわす技術がある。もしかわされたら、高いＤＦラインの裏を突かれてしまう。『今のドイツなら相手を打ちのめせる』という幻想を持ってはダメだ。ブラジルの地ではエンジン全開のパワーフットボールはできない。ボールを失ったときに一度自陣に戻り、ブロックを組むやり方がいい」

南米では理想を追いすぎたら敗れる――。

この分析結果によって、ユーロ２０１２のときにはなかったリアリズムがレーヴのチームにもたらされた。


レーヴたちは情報戦にも抜かりがなかった。

その象徴となったのが、ドイツが7対1で勝利した準決勝のブラジル戦である。

両国の〝戦い〟は、すでにW杯前から始まっていた。

発端はコンフェデレーションズ杯をドイツ代表のレーヴ監督とスカウト主任のジーゲンタラーが視察したことだ。この２人は現地で試合を見て、ブラジルはあるプレーが鍵になっていることに気がついた。

それは戦術的ファール――。

ジーゲンタラーは言う。

「ブラジルはカウンターを受けそうになると、体の強さを生かしてファールで止める。これではサッカーにならない。だからすぐにＦＩＦＡに対して、進言書を提出したんだ。『もし来年のＷ杯でブラジルの戦術的ファールに笛を吹かなければ、優勝者は大会前から決まっているようなものですよ』とね」

しかし、ブラジル人がこれくらいの抗議で引くはずがない。母国でＷ杯が開幕すると、選手たちは構わず戦術的ファールを連発した。同じ南米のチリとコロンビアは、体格で優るためパワーでねじ伏せられる。見事にこのダーティーな守備が機能した。

だからドイツは準決勝でブラジルと対戦することが決まると、さらなるカードを切った。

レーヴ監督は記者会見で警告した。

「コロンビア戦のブラジルは、接触プレーの限度を越えていた。もし欧州の試合だったら、退場者が出ていただろう。私たちとの試合ではメキシコ人のロドリゲス主審が、正しく笛を吹くことを期待したい」

シュバインシュタイガーも援護射撃した。

「もはやブラジルは過去のような魔法使いのチームではない。プレースタイルが変わったんだ。ハードな接触プレーを武器にしている。主審は注意しなければならない」

直前にここまで牽制されたら、ブラジルの選手たちも意識せざるをえないだろう。目に見えない鎖がまとわりつき、出足が鈍った。

　このゼロコンマ何秒の遅れが命運を分けた。

　ブラジルの守備戦術は現代では珍しく、マンツーマンを基本にしている。アスリートとしての能力が高い選手を集めており、選手間の距離が開いても、スピードとパワーでカバーできるからだ。コンパクトにする必要がないため、迷わずロングボールを蹴れるというメリットもある。ただし、選手間の距離が遠いので、一人が抜かれると致命的な穴が空いてしまうというデメリットもあった。そこで戦術的ファールが必要になるのだ。

　だが、準決勝ではそれが封じられた。その結果、コンパクトでない陣形の隙間がむき出しになってしまった。

　ドイツの中盤でゲームを作っていたクロースは、試合後にこう明かした。

「ブラジルは守備のプレッシャーが甘くて、すごくオープンだった。相手はカウンターに脆い状況になっていたんだ。試合が始まった瞬間から、『今日は行けるぞ』と感じていた」

　試合翌日、興味深い資料が、スタジアムから発見された。

　ブラジルの『スポルＴＶ』のスタッフが見つけたメモには、ドイツ語でこう書かれていた。

　略記号が使われており、ほぼ暗号である。ただし、これがＰＫに関するメモと考えると、RF＝右足、Anl＝助走、というように解読が可能になる。

おそらく「ダビド・ルイスは速い助走から左上を狙う」、「フレジはゆっくりとした助走から止まって右へ蹴る」ということだ。他にも「アウベスは真ん中に強烈なボールを蹴る」、「エルナネスは長い助走から急ストップ。そして動き出して蹴る」、「オスカルはＧＫの動きを見て蹴る」といった内容だ。

実際には90分で決着がついたが、ＰＫ戦に備えてここまでドイツは緻密に準備していたのだ。

まさに本書のタイトルどおりの「パーフェクトマッチ」だった。

4	Luiz, RF schn. Anl. Links hoch
9	Fred, RF verz. L. warten Rechts
2	D. Alvez, RF ……

ブラジルW杯の決勝当日、伝説のスタジアム『マラカナン』に向かうバスの中で、レーヴは不思議な感覚にとらわれていた。

「この瞬間を自分はもっと楽しんでいたいんじゃないか？　本当は終わらせたくないんじゃないか？」

大会後、『ビルト』紙のインタビューで、レーヴは自らのキリマンジャロ登頂の経験を交えてこう説明した。

「アフリカ最高峰のキリマンジャロに挑むような登山には、長い長い準備が必要で、ついに頂上の数メートル前に達しとき、『登り切ったらすべてが終わってしまう』という感慨に陥るものなんだ。今回もその感覚に似ていた。私は10年間、サッカー界の頂点を目指して毎日仕事に取り組んできた。

ただ、それをついに手に収めようとしたとき、一瞬だけ立ち止まりたくなったんだ」

何度も崖から滑落し、それでも這い上がったものだけが得られる、特別な境地だった。

レーヴにとってブラジルW杯は、これまでのすべての経験をぶつけた大会だった。

コーチとして臨んだ2006年W杯は3位、監督としてチームの近代化に成功したユーロ2008は準優勝、そして世代交代を進めた2010年W杯では再び3位になった。レーヴの評価は、ドイツ代表のイメージとともに上昇しつづけた。

だが、魅力的なパスサッカーを追求したユーロ2012では、準決勝でイタリアの現実主義の前に屈してしまう。カウンターに蹂躙されて1対2で敗れた。

「レーヴは甘い」。「理想主義的すぎる」。メディアから非難の声があがり、ついに解任論も出はじめた。

もはや優勝でなければ誰も評価しない。

だからこそ登山家がザイルを1本ずつチェックするかのように、レーヴは完璧な準備を始めた。

ブラジルW杯での最大の名シーンは、おそらくこの場面だっただろう。

アルゼンチンとの決勝の後半終了間際、ゲッツェを投入するとき、レーヴはこう言った。

「マリオ、君がメッシより優れていることを、世界中に示してこい」

延長後半8分に、ゲッツェの決勝ゴールが決まったとき、レーヴは歓喜の雄叫びをあげた。

翌日、レーヴはカメラの前に立つと、冷静に大会を振り返った。
「選手たちはどんなときも楽しむことを忘れていなかった。連帯感があり、互いにリスペクトしていて、それが支えになった。ドイツが南米大会で優勝した初の欧州の国ということは永遠に語り継がれるだろう。朝起きて、目の前に優勝カップがある。こんなに最高の気持ちはない」

本書はもともと２０１０年Ｗ杯後にドイツで出版され、２０１４年Ｗ杯の優勝を受けて新たに加筆されて出版されたものだ。

そのためやや日本の読者にはわかりづらいと思われる部分があり、また年月の風化によって重要度が下がっている部分もあった。そこで「パーフェクトマッチ」のエッセンスが埋もれてしまわないように、翻訳の段階で日本の読者にとっては重要度が低い部分を思い切って割愛させてもらった。

本書にはどうすればＷ杯で優勝できるかという「勝利の方程式」が凝縮されている。

日本サッカー界が２０１８年Ｗ杯、そしてその先の大会で優勝を目指すうえで、多くのヒントが隠されているはずだ。

木崎伸也

二〇一五年三月

◎写真提供

■ カバー・帯

スピリット・フォトス / 清水和良（カバー表2、帯表1）
千葉 格（カバー表1、帯表4、帯背）

■ 本文写真

P13	スピリット・フォトス / 清水和良
P17	AP/ アフロ
P27	Bongarts/ ゲッティ イメージズ
P29	Bongarts/ ゲッティ イメージズ
P39	ロイター / アフロ
P49	Alexander Hassenstein/Bongarts/ ゲッティ イメージズ
P69	ロイター / アフロ
P77	Marcus Brandt/Bongarts/ ゲッティ イメージズ
P83	Martin Rose/Bongarts/ ゲッティ イメージズ
P103	アフロ
P109	Sandra Behne/Bongarts/ ゲッティ イメージズ
P111	Alexander Heimann/Bongarts/ ゲッティ イメージズ
P123	スピリット・フォトス / 清水和良
P131	スピリット・フォトス / 清水和良
P143	スピリット・フォトス / 清水和良
P146	スピリット・フォトス / 清水和良
P153	Friedemann Vogel/Bongarts/ ゲッティ イメージズ
P161	スピリット・フォトス / 清水和良
P167	スピリット・フォトス / 清水和良
P177	スピリット・フォトス / 清水和良
P181	AP/ アフロ
P191	Jamie McDonald/Getty Images Sport
P203	Alex Grimm/Bongarts/ ゲッティ イメージズ
P213	スピリット・フォトス / 清水和良
P221	スピリット・フォトス / 清水和良
P225	スピリット・フォトス / 清水和良
P229	スピリット・フォトス / 清水和良
P245	千葉 格
P247	千葉 格
P271	千葉 格
P275	千葉 格
P279	千葉 格
P281	千葉 格
P285	千葉 格
P301	千葉 格
P305	Bongarts/ ゲッティ イメージズ

JOACHIM LÖW
Ästhet, Stratege, Weltmeister
by Christoph Bausenwein

パーフェクトマッチ　ヨアヒム・レーヴ 勝利《しょうり》の哲学《てつがく》

著者	クリストフ・バウゼンヴァイン
訳者	木崎伸也《きざきしんや》
	ユリア・マユンケ
ブックデザイン	河石真由美《かわいしまゆみ》（CHIP）
DTP組版	有限会社CHIP
発行	**株式会社　二見書房**
	〒 101-8405
	東京都千代田区三崎町 2-18-11 堀内三崎町ビル
	電話　03（3515）2311［営業］
	03（3515）2313［編集］
	振替　00170-4-2639
印刷	株式会社　堀内印刷所
製本	ナショナル製本協同組合

落丁・乱丁本は送料小社負担にてお取替えします。
定価はカバーに表示してあります。

ISBN978-4-576-15041-3
http://www.futami.co.jp

ヨハン・クライフ「美しく勝利せよ」

フリーツ・バーラント／ヘンク・ファンドープ＝著
金子達仁＝監訳

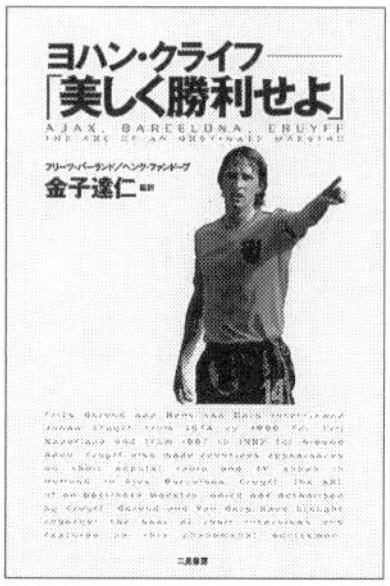

現代サッカーの源流を作った
カリスマのすべてがここに！

フットボール界最高のカリスマが初めて語る真実。
ここにサッカーのそして人生の指標がある。

ヨハン・クライフ　サッカー論

ヨハン・クライフ＝著
木崎伸也／若水大樹＝訳

君だけにサッカーの真実を教えよう

65 年間のサッカー哲学をすべて明かす初の戦術書
最高のプレーヤー＆監督が伝える29の教え

絶　賛　発　売　中　！